김철기 12시집

그리다

이 도서의 국립중앙도서관 출판예정도서목록(CIP)은 서지정보유통지원시스템 홈페이지(http://seoji.nl.go.kr)와 국가자료종합목록 구축시스템(http://kolis-net.nl.go.kr)에서 이용하실 수 있습니다.
(CIP제어번호 : CIP2019037704)

김철기 제12시집

그리다

한누리미디어

| 시인의 말 |

앞의 시집을 낸 지 꼭 5년 만이다
몇 번째 몇 편의 시 발표이든 이름 건 시집상재란 늘
맨 처음이듯 아니 마지막이듯 신열 높은 혼부림이다
두려움마저 따르는 떨림 무릅쓴 이 작업은 끊임없이
자기를 찾는 일이자 우주 사물에 말 걸고 듣기이다

한글을 배워 글쓰기를 하면서부터 비롯되어
시, 시인으로 구하고 짓고 빚으며 시를 사는 내 안에
생성되어서는 머물러 충만하거나 멀어져 아픔이거나
시간 밖 향방 모를 길의 갈래
원초 고독풀이 생사 인연의 조화며
감동 절절한 자연현상까지
영혼을 흔들어 숨 쉼에 혼재하는
사랑이랄지 그리움이랄지 창작의 습성일지

이따금 생생함이 과거로 묻혀가는 휑한 체감이나
지능로봇이 시작詩作을 넘볼 서늘함조차 기웃대면
사색 늘여 가느다란 영감 깨워 일으키기도
그런들 못 다 그리는 뭉클거림 남겨둘 수밖에 없음이지만
다만 어디선가 희망과 위안의 메시지가 될 시편일까 싶은
접지 못할 꿈 불거진 가슴자락 어렵사리 펼침이다

이번 함께 싣는 귀하디귀한 내 곁 으뜸 소중한 이들 글의
숨결이 더없는 축복으로 시집을 오롯이 감싸고 밝혀 주어
남은 날 반듯한 삶의 행보일 때나 혹여 휘청거릴 때
시정신을 지탱할 에너지에 단단한 버팀목임을 정중하게
마음 깊이 새겨 그리는 지극한 지금이 눈물겹도록 기껍다

2019년 빛 부신 가을 날
솔안말 惠田堂서실에서 **栗園** 적음

Contents

제2부 만남으로 가다

Contents

제 3 부 그리다

제4부 초록길에 들면

제5부 소리에 색동옷 입혀

제6부 감동 스케치

| 축사 |

群鷄一鶴, 詩語의 메아리로

장 경 내
대한민국예술인총연합회 부천지부 고문

요즘처럼 막말이 넘쳐나고 은어가 홍수처럼 넘쳐나는 미디어시대에, 우리의 진부한 일상을, 사막에서 오아시스로 힐링시켜 주는 詩語들이 그립기만 하다. 내가 시를 읽고 시를 좋아하는 이유가 여기에 있다. 거기에는 우리의 모든 것들이 대상이 되지만, 희로애락을 절제미 속에 담아 감동을 주기 때문이다. 특히 거창한 인생의 큰 틀이 아닌 일상의 작은 감성들을 소재로 담아내 큰 기쁨으로 크게 승화시켜 주는 김철기 시인의 시를 즐겨 읽고 좋아하는 이유이다

"어쩌면 마지막이 될지도 모르는 이번 12번째 시집에 격려의 글을 담고 싶습니다."

갑작스런 김철기 시인의 제청에 당황할 수밖에 없었다.

행사에서 일시적 축사는 모르지만, 시집에 글을 남긴다는 것은, 시집에 흠결이 될 수 있어 여간 조심스런 일이 아닐 수 없기 때문이다. 그간 김 시인의 시집은 많이 증정도 받고, 읽

어서 왕성한 작품을 발표하는 문인으로 생각은 했었지만, 12번째 시집이라니 정말 대단한 위업이며 많은 세월을 지닌 경륜마저 느껴진다.

사실, 김철기 시인과의 개인적인 인연은 70년대 후 부터였으니 40여 년의 긴 지기였음이 그 자격을 부여했음이리라. 그것도 장르는 다르지만 이 지역에서 활동하는 같은 예술인으로서 말이다. 김 시인의 부군과 청년회의소 회원 부부 모임으로 처음 만나, 한 동네 이웃으로서, 또 80년 중반에는 부천예총 창립 시 부천문인협회 회원으로, 나는 사진작가협회 회원으로 만나 지금까지 藝友로서 교분하고 있으니, 아마도 이토록 긴 인연도 흔치 않을 것이리라.

본인이 부천예총 회장으로 재직할 때, 김철기 시인의 왕성한 시작 활동은 부천문단을 굳건하게 만들었고 부천 예술발전에도 크게 공헌하셨으며, 또한 시낭송가이시면서 그림을 잘 그리는 화가로서도 藝技가 빼어난 藝人으로 기억이 새롭고 이 지면을 통해 다시 한 번 감사를 표하고 싶어진다.

올 해로 12번째 시집 출간이니 1년 만에 출판한다 해도 10년이면 강산이 변하는 긴 세월동안, 오직 시를 통해 정진해 오신 그 열정과 노력은, 모든 시인들의 귀감으로 한국 문단에 길이 남으리라. 또한 김철기 시를 통한 많은 사람들의 공감과 메시지의 바램은, 연륜이 더해진 이번 12집의 커다란 기다림으로 설레게 하고 별들이 쏟아지는 축하를 보냄이다.

다시 한 번 제 12시집 출간을 뜨겁게 축하드리며 언제나 고고한 학처럼 우아한 김철기 시인의 詩語들이 우리 일상의 끝없는 메아리로 번지기를 빌어마지 않음이다.

율원 김철기 시인과의 인연, 蘭 같은 분

辛 容 伯
공학박사 · 국제기술사(산업공학) 겸 공장관리기술사
아주대학교 산업공학과 명예교수
아주대학교공학대학원 원장 역임
(사)한국생산성학회 회장 역임

먼저 栗園 金哲起 시인과의 첫 대면은 제가 아주대학교 공학대학원 원장으로서 최고경영자과정 부천지역교실(1994년 설립)의 정착과 활성화를 위하여 노력하던 초창기 본 과정 제2기생에 입학한 51명 원우院友 중 한 분 社長님으로였다. 우리 대학원 수료 후에 '아주대학교 공학대학원 최고경영자과정 총동문회' 및 각 기수별 동문회 활동이 활발하던 때 졸업동문으로 매년 수차례씩 각종 공적행사가 있었었고, 총동문회 및 제2기 김철기 회장에게 대학원장으로 자주 초청되어 계속 인연을 키우게 되었다.

이러한 과정 속에 재학 중 김철기 원우는 너무나 조용하면서도 귀티가 나시어 품위 있는 사장마님으로 생각하였을 뿐 대학원장인 나는 짐작이 잘 안 된 동양화가에 시인인 줄은

미처 알지 못하였다가 대학원을 수료 후 시집 몇 권을 건네받게 되어 그제야 당시로서도 대단한 활약의 현역 詩人임을 비로소 알게 되었다.

여기서 율원 김철기 화가이자 시인님의 인품이나 자태를, 그가 잘 치시는 四君子 '梅蘭菊竹' 에 비유한다면 '난蘭' 같은 고결함을 보여주었으며, 우리 대학원 입학에서 오늘까지 24년이란 세월이 흘러갔지만 지금까지도 그 단아하고 고결한 자태가 변함없어 여전히 蘭같이 여겨진다.

2001년 김철기 시인의 제6시집《내일 그 내일도 생생할》출판기념회에 지역유지들과 문인들이 대거 참석한 그 자리에서 '대학원장/교수와 제자의 귀한 인연' 을 바탕으로 축사를 드린 적이 있으며, 그의 제7시집《빈 칸의 꿈》序文에 '내가 본 金哲起의 詩와 그 사람' 이란 제하에 시인의 인품을 되새겨본 적이 있다

그러고도 세월이 퍽 흘렀건만 한결같이 고운 자태와 열정적인 詩作과 문인단체에서 눈부신 활동 가운데 부천시낭송협회 회장으로 맹활약하시던 2013년, 富川市 시 승격 40주년 기념 통합시낭송회《마흔 살, 행복 文소리》에 원근불문의 수도권 문인들이 가득한 잔치를 참관하며 김철기 시인의 유려한 시낭송과 깔끔한 진행으로 겸손하면서도 어엿한 모습을 보았었다.

그 다음해 제11시집《꿈빛 나이테〉(월간문학사 발행)를 출간하셨고, 세월이 흘러 2019년 이제 제12시집《그리다》를 발간하신다는 소식을 접하니 끊임없는 詩作의 노력과 한국문

학단체의 임원으로서도 성실한 봉사활동 등 수많은 受賞으로 존경받아 마땅한 시인임을 일찍부터 알았고 직간접으로 함께한 활동상을 다시 돌아보게 된다.

내가 알기로도 1972년부터 신문 잡지 등 작품 발표를 시작으로 1977년 경기도 백일장 壯元, 1983년 한국문인협회 부천지부 창립, 『부천문학』 창간 멤버, 또 月刊 『文藝思潮』 신인상 당선 등 문학 활동을 지속하였기에 그 경륜이 50년에 가깝다. 그간 많은 공저를 빼고 개인시집만으로도 이번에 열두번째 《그리다》를 또 세상에 내 놓으신다니…!

나는 중 고등학생시절 習作으로 김소월의 서정시를 흉내내본 이후 이 나이가 되도록 詩라고는 단 한 편도 써보지 못한 형편에 훌륭한 김철기 시인의 12시집 《그리다》에 환칠을 하는 건 아닌지 두렵기도 하다.

그러나 각별한 인연으로 내가 보아왔듯, 지역을 비롯하여 많은 문인들의 선망의 대상이요 한국문단의 반짝이는 큰 별, 詩歷 50여 년의 원로임에 손색없을 터인데도 쉼 없는 문학연구와 창작에 전념하는 김철기 시인의 열정에 아낌없는 찬사와 함께 존경을 드리는 바이다.

인연, 그 소중한 인간애

– 한누리미디어에서 간행한 시집들을 중심으로

김 재 엽
정치학박사, 문학평론가, 한국불교문인협회 회장

'세월이 유수' 라는 말이 새삼스럽게 각인되면서 인연이란 참으로 기묘하다는 생각을 해 봅니다. 벌써 22년 전으로 자리한 1997년 8월 하순 어느 날, 지하철 3호선 동국대입구역 인근에 있는 제과점 태극당에서 처음으로 김철기 시인을 만났습니다. 당시 동국대학교 전산원에서 영어 강의를 하던 도창회 교수님을 따라 제과점으로 들어오시던 선생님의 모습이 참으로 우아하고 품격 있는 귀부인의 풍모로써 주변 분들의 시선을 한껏 끌어 모았던 기억이 지금도 생생합니다.

다름 아닌 시집 출판을 의논하는 자리였는데 도창회 교수님 소개로 그날 제3시집 《소리에 색동옷 입혀》 원고와 함께 그 이전에 상재하신 시집 《한 點 꽃, 꽃의 사다리》와 《밤나무골의 햇살》을 자료 겸 선물로 받았습니다. 그리고 도 교수님께서 수일 내로 작품해설을 써주시기로 하고 제작에 착수하였지만, 그즈음 도 교수님께서는 북한산 너머 송추 인근에 있는 장흥유원지에서 요식업 개업을 준비하느라 매우 바쁜 시간을 보내고 있어 두 달도 더 지난 11월에 작품해설을 받아 12월이 되어서야 출간하게 되었습니다.

IMF 체제로 여러 부분에서 매우 복잡한 시기였는데 그 뒷이야기는 접어두고 8월 하순에 태극당에서 건네받은 시집 《한 點 꽃, 꽃의 사다리》와 《밤나무골의 햇살》을 읽어 보니 김철기 시인의 시는 시업詩業을 확보하기 위해 겸손한 마음으로 항상 스스로를 낮추면서 현상을 결집시켜 스스로가 먼 길을 가려는 의지를 담고 있었으며, 대부분의 시에서 사랑의 언어가 매우 아름답게 묘사되어 감미롭게 다가온다는 느낌이었습니다.

특히 김철기 시인이 창출해내는 시어의 다양성은 필연적으로 언어의 세련미를 요구하는 시적 특성에 걸맞게 서정적인 인식의 깊이도 전반적으로 아름답게 느낄 수 있는 위치로 자리하는 것이었습니다.

아무튼 한누리미디어와 첫 인연을 맺은 김철기 시인의 제3시집 《소리에 색동옷 입혀》는 첫 출간이라는 특별한 인연이 작용했는지는 몰라도 김철기 시인 나름대로 스스로가 세찬 세풍을 감내하며 살아온 인간애를 시작詩作에 함축성 있게 용해시켜 언어 절제는 물론 뛰어난 상상력에 동승시켜 메타포나 이미지 메이킹에 있어 암시성 표출로 임하는 솜씨가 매우 뛰어남을 공감할 수 있었습니다. 참으로 소중한 느낌이었고 당시까지 저와의 의사소통은 매우 부족했지만 웬지 모르게 김철기 시인이 낯설지 않게 인식되는 것이었습니다.

그런 연유인지 아니면 이심전심이었는지는 몰라도 그 후 2년이 지난 1999년 가을에도 제4시집 《빛 한 줌》의 원고를 건네받고 출간하게 되었습니다. 이 시집 작품해설에서 최은하 시인은 '눈빛의 비밀과 청아한 목소리'라 제하여 "김철기 시인의 시는 해맑고 따스한 촉감이 느껴지는데 아마도 그의 눈빛과 손길에서 발현되는 것이며, 하찮은 일상에서도 소재를 추려 잡아 자신의 문법으로 변용시켜 우리를 감동케 한다"고 했습니다. 저 또한 이 시집에 수록된 시들 모두가 항상 깨어 있을 뿐만 아니라 미학적 감수성에 앵글을 맞추고 시인이 살아가는 여정에서 겪는 고독의 안색이나 목소리를 떨쳐버리지 않고 시인의 혼불에 투영하고 승화시켜 참으로 야멸차게 토해내면서 또다시 숨결을 불어넣고 생기로 가다듬어 더욱 영롱한 한 줄기 빛으로 엮어내는 참으로 고귀한 느낌을 받았습니다.

그리고 다음해 바로 새로운 밀레니엄의 해로 의미가 깊은 2000년도 가을에 제5시집으로 《날 사랑하는 나의 記》를 상재하였는데, 홍윤기 교수님은 작품해설에서 '사회적 시각과 새타이어의 미학적 표현'이라 제하고 "김철기 시인의 시에 있어서 시는 역사적 현장에서 세차게 나부끼는 하나의 순수한 의식의 깃발이다. 군더더기 하나 없이 시원스럽다. 시를 쓴다고 하는 것은 메타포하는 것이다. 김철기 시인의 사회비판적 언어가 참으로 아름다운 표현"이라고 설파하였습니다. 제 느낌으로도 김철기 시인 특유의 삶의 미학적 표현을 공연히 난해성에다 파묻지 않고, 투명한 의식의 공간 속에서 참신하게 발아시키고 이파리를 싱싱하게 쭉쭉 펼쳐 내보이고 있는 詩 80여 편 모두가 시인 스스로의 사고를 독자에게 전달시키는 소리로 엮으면서 드라마틱한 현상을 세상에 연술하는 것으로 다가왔습니다.

김철기 시인께서는 이즈음 시창작에 불이 붙었는지 이듬해인 2001년 가을에도 제6시집 《내일, 그 내일도 생생할》을 출간하였습니다. 채수영 교수님께서 작품해설을 맡아주셨는데 "찬란한 봄날의 정원보다는 쓸쓸하고 비에 젖은 것 같은 그러면서 달빛에 물든 가을의 정취가 묻어난다"고 하였습니다. 사실 수록시 76편 속에 인생의 깊이와 높이의 흔적이 가득하여 이에 견줄 이미지가 마음의 중심에 자리하고, 안온하고 따스함을 갈망하는 소망이 깊이 내재되어 있었으며 정적인 그의 품성을 내보이는 심적 고백이 매우 잔잔하게 다가오는 특성이 감지되었습니다.

2002년 가을에 출간한 제7시집 《빈 칸의 꿈》에서는 어지럽고 황량한 환경 속에서도 가장 깨끗한 마음의 행동으로 시를 통해 상처 입은 곳을 어루만져주며 뭉개진 터전을 북돋아 일으켜 세우려는 의지를 정신적 작업으로 섬세하게 표출해 냈습니다.

그리고 이듬해인 2003년에는 그간 출간한 7권의 시집을 한 데 엮어 김철기 시모음집 《불켜기》를 출판가에 선보였습니다. 사실 홍윤기 교수의 《한국현대시 해설》에 표제시 〈불켜기〉가 수록된 기념의 성격도 있지만, 어쩌면 새로운 시를 향한 김철기 시인의 자아성찰을 담보한 시창작 태도는 자못 진지하여 '불켜기'를 통해 스스로의 시 작업장과 삶의 과정을 성찰하는 상징적 수법으로 결집시키면서 한국시단의 새로운 시 모델을 제시하고 있음을 내보이고 싶었던 것이라 생각됩니다.

2004년 12월에 상재한 시집 《실타래 촌》에는 시작詩作에 있어 영혼의 고치를 켜고 뽑아내는 과정에서 짜임이나 결을 보다 새롭고 생명력이 깃든 윤기 나는 작품으로 조탁하는 김철기 시인의 혼이 참으로 깊이 담겨 있었습니다. 그래서였을까요. 이후 시적 탈진의 과정을 거쳐 재충전의 시간을 갖느라 7년의 세월이 흐른 2011년 가을에 《노을 순백으로 웃다》를 상재하게 됩니다.

삶을 운행하는 과정 속에서 발현되는 예민한 촉각을 곧두세우고 삶에 동반되는 다각적인 의미들의 진정성에 대하여 깊이 성찰하는 시인의 자세, 무심결에 창공을 가르는 아스라한 선율로 자아내는 수채화 같은 여운이 사유의 세계로 안착시키고 있었습니다.

2013년 가을에는 부천시 승격 40주년 기념 통합시낭송회를 개최하면서 낭송회원들의 작품과 함께 상당수의 김철기 시인의 작품을 모아 《마흔 살, 행복 文소리》를 상재하고 큰 축제의 장을 열었습니다. 그리고는 한국문인협회 주요 위원회 위원으로서 월간문학 출판부에서도 한 번쯤은 출판해야 된다는 무언의 압력에 못 이겨 이듬해 가을 제11시집 《꿈빛 나이테》를 상재하시고는 이번에 다시 제12시집 《그리다》를 우리 한누리미디어에서 출간하게 된 것입니다.

다시금 고맙다는 인사를 드리며 이 끈끈한 인연이야말로 영원불멸의 인간애로 길이 간직되리라 확신하면서 김철기 선생님의 건강과 함께 더욱 활기찬 문운을 기원합니다.

| 축사 |

우리 엄마 김철기 시인은

박 지 훈
아들

저의 엄마는 과거 소위 화려했던 시절만큼이나 제 기억의 처음부터 멋지고 화려한 패션이며 항상 세련 그 자체이었습니다. 평소 저와 둘만 있는 집에서도 막 티셔츠 쪼가리 하나 걸친 모습을 본 적이 없었으니까요. 남들이 다 즐기는 헐렁한 냉장고 바지에 슬리퍼를 끌고 가끔은 계곡물에 발 담그는 풀어짐조차 볼 수 없었습니다.

꼭 옷차림 때문만은 아닌 보통 친구들의 가정에서 느껴지는 공기와는 사뭇 다름의 흔히 말하는 사모님이랄까. 별스런 우리 집 분위기의 엄마 모습을 지금 돌이켜 생각하니 생활인이면서 작가였던 깊은 사색과 고뇌의 흔적이 역력한 시의 한 구절구절이었음이 짐작되어 참 어려운 길을 간다는 생각도 듭니다.

제 고등학교 때의 일입니다. 지금 41세 제 나이보다 두세

살 더 많은 때의 엄마는 오랜 입주도우미의 일손 없이 출근 준비와 제 도시락을 준비하는 바쁜 일상입니다. 한창 도시락 반찬으로 친구들의 환호와 야유가 갈리던 시기라 반찬에 무지 민감하게 반응하는 시절이었기에 엄마에게 물었더니 마침 김밥이라고 하여 당당하게 점심시간을 기다린 기억이 생생합니다.

여느 때처럼 친구들과 모여 반찬을 얘기하니 제 김밥도시락 뚜껑이 열리기를 시선이 집중되었고 호기 차게 열었습니다. 아— 그 안에는 정말 밥에다 김만 말아 가지런히 담은 요즘 충무김밥 그것이었고 더욱 분노(?)한 건 반찬통엔 김치 깍두기도 아닌 달랑 하얀 단무지뿐이란 사실입니다

때와 장소에 따라 옷차림엔 조화를 중시하고 다소 불편하더라도 갖춰짐의 표본이라 할 모습으로 어려운 창작의 삶을 사시는 엄마의 김밥은 왜 그토록 단순 담백함을 넘어 빈약할 정도였는지 의문스러웠습니다. 후에 실망한 친구들은 모르는 제 결론은 실제로 엄마가 고기류도 즐기지 않고 조미료 쓴 진한 양념이나 짜고 매운 반찬 더구나 생선류 햄 맛살 달걀 우유 깨 뿌리는 것 등을 극히 싫어한다는 사실이고, 아들에게도 건강식일 거라는 생각이겠지 했습니다.

적어도 평생을 흐트러짐 없이 고수하시는 특유의 화려한 패션에 비해 식성 또는 식단은 여태 편식과 불균형의 단조로움 그대로입니다

그렇게 몸에 좋다는 필수식품도 싫은 것은 끝내 멀리하면서 수면부족이나 적지 않은 고통이 따르는 창작과 예술 활동만큼은 적극 시간을 안배하시니 정말 좋아서 즐겨하는 것이

분명합니다.

어느 시절 아빠의 사업실패로 겪은 트라우마나 이별의 아픔조차 작품의 소재로 승화시켜 지상만물 가상의 세상과도 소통하는 삶을 뜻 깊고 소중히 여기니까요.

수많은 詩, 시집을 통해 세상에 시심을 전하며 각계 훌륭한 분들과 어울려 꾸준히 문학 활동을 공유하면서 존경받는 원로가 되어가는 것이 엄마에게는 가장 편한 정신의 옷인 듯합니다. 또한 전에는 이해하지 못했으나 많은 미식을 접하는 지금은 누구보다 엄마가 쌌던 단순한 김밥 맛을 사랑하는 아들이 되어있으니 어쩌면 시대와 성향에 따라 선호도와 해석이 달라질 수 있는 詩와 비슷한 매력이 아닐까 합니다.

저는 엄마의 시를 많이 읽어보진 않았습니다. 제가 어렸던 것인지 엄마 시가 어려웠던 것인지…. 어느덧 훌쩍 큰 아들을 아직까지 옆에 두고 시를 사시는 엄마와 살다 보니 詩를 이해한 것인지 엄마를 이해한 것인지 엄마 곁에 한 뼘 더 다가가 있는 것 같습니다. 엄마 곁에 다가간 만큼 한 뼘 더 세월이 멀어진 아빠의 자리에 대한 詩 한 편을 우연히 누나의 카톡 사진에서 보게 되었습니다.

> 대물림하며 일가를 이루자고
> 맑은 산바람 새소리 넘나드는
> 100평 저택을 지어도 주었고
> 날려도 먹은 사람
> 줄이고 줄여
> 끝내는 단신 눕혀 고만고만한 침상이더니

더 좁혀
굳게 닫은 투명 유리문 명패만 또렷이
그래도 꽃다발 놓일 발코니가 예쁜
탁 트인 풍경 명당에
한 때 자신이 쓰다듬던 청자만한
도자기에 몸담고, 곁에
내게 줄 똑같은 방 준비한 새 집
사각 유택
아휴, 생전이나 사후나 내게 후한 인심
집을 준 사람

– 〈집을 준 사람〉 (김철기 제11시집 《꿈빛 나이테》 수록

그리움이 묻어나는 아빠의 빈 한 편, 채움을 절제한 엄마 김밥의 하얀 빈 속, 아쉬움을 그리움으로 남깁니다. 반듯하고 좋은 것은 아낌없이 나누려는 소망으로 끊임없이 꿈꾸고 그리는 엄마의 '빈칸의 꿈' 을 응원하고 사랑합니다.

사랑과 그리움 가득한 성정으로 그려 담았을 엄마의 이번 제12시집 《그리다》에 설렘 큰 기다림의 집 우뚝 가슴에 지어 둡니다.

김철기 시인님께

대학생 때 어머니 예쁜 딸의 남자친구로 처음 어머니를 뵙게 된 지도 벌써 20여 년이 훌쩍 지났습니다.

20여 년이 지난 지금 저는 어머니의 사위가 되었고, 여전히 아름답고 세련미 넘치시는 어머니는 어느덧 일흔의 나이를 맞으셨습니다.

그럼에도 멈추지 않는 창작은 물론 시인 단체의 중책으로 문학활동을 꾸준히 해 나가시는 모습을 보며 항상 멋지시다는 생각이 들곤 했습니다만 한 편으로는 어머니 건강 때문에 걱정이 들기도 합니다.

몇 년 전 그토록 사랑하시던 외할머니와 아버님을 여의시고 그립고 외로운 시간들을 견뎌 내시면서도 항상 자녀 걱정에 여념이 없으신 어머니, 장모님!

모든 어머니들이 그러하시겠지만 특히 어머니는 즐곧 문학정신 창작혼을 품고 사시니 더 위대하다는 표현밖에는 달리 적절한 말을 찾을 수 없는 듯합니다.

그간 많은 작품을 쓰시고 발표하신 줄 아는데 또 한 권의 시집을 출간하신다고 하시니, 문학과는 다소 먼 전공의 직장인인 저로서는 상상도 할 수 없는 일이어서 어머니가 대단하시고 경이롭습니다.

어머니의 끊임없는 창작의 열정과 활동에 진심으로 경의를 표하며 항상 어머니 옆에서, 어머니 편에서 응원하고 또 응원하겠습니다.

무엇보다 건강에 특히 유의하시는 삶으로 저와 우리 가족 모두와 함께 오래오래 축복된 동화처럼, 그림처럼 행복하게 살았으면 좋겠습니다.

어머니 존경하고 사랑합니다.

딸 박제은 · 사위 김홍록(글) 드림

율원 김철기 시인의 어린 시절을 폭로하다!

엄기원
한국문인협회 고문 · 아동문학가

1.

율원 김철기 시인은 지금 문학뿐만 아니라 서화에도 일가견을 이루고 게다가 시낭송가로서도 이름을 날리고 있습니다. 조선시대의 사대부 가정에서 여성이 부러워하는 모든 분야의 교양과 문화 예술의 경지를 섭렵한 이 시대의 여성지도자라고 할 수 있습니다.

그가 40여 년 전인 1977년에 경기도 백일장에서 장원을 하면서 본격적으로 문단에 알려졌고, 1983년에는 한국문인협회 부천지부 창립, 『부천문학』 창간멤버, 또 부천예총 창립에도 공헌하는가 하면, 시낭송대회에서 최고상을 수상, 적극 시낭송회 개최며 낭송문학의 저변확대에도 활약함과 동시 경기도, 인천시 미술대전에서 연3회 수상하는 재능을 보여주었으며, 그 후 부천, 인천을 비롯하여 서울 세종문화회관,

경인미술관 등에서 수차례 전람회를 한다는 소식을 들었습니다.

한 번은 축하차 전시장에 갔다가 그의 집 서실까지 방문하였는데 많은 문학서적을 탐독하고 전시장 못지않은 미술품, 도예작품, 한복 스카프 등에도 그림 작업을 하는 환경을 보고 생활전반이 모범적이며 예인의 창작활동에 열중함을 느낄 수 있어 몹시 흐뭇하고 반가웠습니다. 보통 사람은 한 분야에 입상하기도 어려운데 이렇게 다양한 재능을 발휘하고 있으니 다른 여성의 부러움이 얼마나 컸을까 짐작됩니다.

필자가 1982년에 수필집 《초가집과 돌담》을 출간할 때 김철기 시인이 표지화(한국화) 그림을 정성껏 그려 주어 지인들로부터 '글보다 표지 그림이 너무 좋다' 는 이야기를 들었습니다.

율원 김철기 시인은 한국문인협회, 국제PEN한국본부, 한국현대시인협회, 한국예술인복지재단, 한국문예학술저작권협회, 한국시학, 한국시문학아카데미, 부천시낭송협회, 전국학교어머니회장단협의회 등 헤아릴 수 없을 정도의 수많은 문학예술단체에서 임원으로 활동하고 있는 재원입니다.

2.

필자가 사범학교를 졸업하고 고향 마을의 전교생 몇 백도 안 되는 초등학교 교사로 근무할 때였습니다. 어느 날 한 어린 소녀가 엄마 손을 잡고 학교에 왔는데, 잠시 후 교장선생님이 그 어린이를 우리 교실에 데리고 왔습니다.

워낙 산골학교라 가난한 집 아이들의 옷차림이나 얼굴, 손

발들은 때가 꾀죄죄 묻고 어떤 아이는 콧물이 흐르면 훌쩍거리거나 옷소매로 문지르는 게 그 시대의 자연스런 모습이었습니다.

그런데 새로 들어온 소녀는 이목구비가 뚜렷하고 첫눈에 보아도 매우 똑똑하고 예쁜 어린이였습니다.

'김철기' 여자 어린이는 한 달도 안 되어 학급은 물론 전교생들의 선망의 대상이 되었습니다. 온 나라가 가난했던 시절이라 김철기는 비록 화려한 옷이 아니었지만 항상 깨끗하고 단정한 옷차림에 예의바르고 학교 공부는 물론 예능면에도 뛰어난 재능을 보였습니다.

김철기가 초등학교 4학년 때였나 봅니다.

강릉사범학교 주최, 강원도 영동지방(강릉, 삼척, 울진, 양양, 고성, 평창, 정선) 어린이 백일장이 열렸는데 우리 학교 대표로 참가한 김철기가 수백 명의 꼬마 문사들을 물리치고 전체 장원을 하여 라디오 방송을 통해(그때는 TV가 없던 시절) 산골 작은 학교가 온 세상에 알려졌습니다. 그때 글짓기 지도교사인 나도 김철기 제자 때문에 우쭐한 마음으로 인사받기 바빴던 기억이 새롭습니다.

이를 계기로 하여 김철기는 여기저기 중앙의 어린이 신문, 어린이 잡지에 많은 글이 게재되었고, 더러는(신문과 잡지에) '김철기' 이름 때문에 삽화 속에 늘 남자 어린이가 등장하여 웃음을 자아내기도 했습니다.

지금은 경향 각지에 어린이 글짓기 공모나 백일장이 많지만 1950년대, 1960년대엔 이런 행사가 흔하지 않던 시절이라, 꼬마문사 김철기는 글 쓰는 소녀로 인기가 대단했습니다.

3.

그 무렵, 강원지역에는 문학에 뜻을 둔 초등교사 몇 사람이 문학동아리를 만들었습니다. 이름을 겸손하게 '조약돌 아동문학동인회' 라고 붙였지요. 그리고 그 동인들이 근무하는 학교 학생 중에 글짓기를 잘하는 어린이들을 조약돌 동인과 연관지어 '옹달샘', '모래알' 회원으로 영입하여 종종 함께 모여 글도 쓰고 유익한 이야기도 나누었습니다. 김철기도 옹달샘 회원이 되어 여러 차례 참석해 조약돌 동인 선생님들의 사랑을 받았던 기억이 생생합니다.

김철기 시인의 어린 소녀 시절 이야기는 너무도 많은데 이 정도로 줄일까 합니다.

훗날 엄기원은 아동문학으로, 김철기는 시로 등단하여 비록 장르는 다르나 함께 문인이 되어 활동하는 게 참으로 기쁘고 자랑스럽게 여겨집니다.

율원 김철기 시인이 열두 번째 시집을 상재한다니 참으로 자랑스럽습니다. 진심으로 축하하면서 문운과 건필을 빕니다.

栗園

1부

머물고 싶은 시간

봄볕과 강물 사이

달래 뚝배기 보글보글 끓을 때만큼
겪어 뚜렷한 온도의 따사로운 공기 속
더러는 빛을 투과하지 못한 아득한 구름층
뭉근한 물안개 아지랑이 솟아 퍼지는
봄볕과 강물 사이

망원렌즈 카메라 셔터만 눌러대고
빠른 시선으로 훑어야 했던
템스 강인가 세느 강 가깝고 먼 풍경들이
봄물 냄새 물씬한 바람에 당겨
지상과 허공에 공중 판화로 내걸린다

늘 흐르는 소릴랑은 들을 새 없이
수많이도 차안에서만 지나쳐 바라본 한강
얼마 전까지 떠있던 강물의 얼음조각마냥
추억마저 되지 못하고 시시로 녹아버린
어제의 행보 빛나다 뒤집다 눈감기는 반짝임

봄을 입으러 갈까

결 고운 눈(雪)빛 어머니 머리칼이
아직 시린 볕에 반사되는 고송무늬목 사진틀 속
까치보료 위 반듯이 자리한
저고리 깃고대 선을 따라
유난히 진초록 잎 사이
총총한 꽃 송이송이 새빨간 동백꽃 분
어언 3년 흘러 동결된 내 눈물막이 어려
겹으로 동글동글 더 커진 꽃 둑이다가
안개 짙은 대관령 굽이 돌며
수없이 목메게 부르던 공명
송이째 뚝뚝 떠는 내 눈물꽃 무리
시간이 멈춘 꽃나무 곁 맵시 찬 치마폭에
빨강 초록 그리움 방울 들앉아 가득타
동행의 밑그림뿐이던 제주,
이중섭 미술관 앞뜰 동백 그림자 옷깃을 허물고
소리를 머금어 붉은 입술 점점 반드레한 햇살이다
유다른 매무새 선연한 어머니를 입은 채
봄을 입으러 갈까

봄비 뒤

새벽녘까지 꽃 몸살
봄 타는 불면의 귓결에
밤비 차르 뚝뚝 유리벽을 타나 보다
어릴 적 친구네 외진 등성이 길섶 묘지 가의
할미꽃 하얀 털 더 하얗게 자랄 테지

내 둑을 덮은 개나리가족 줄줄이
빗방울 노랗게 마시고
어느 연인 등 뒤에 금빛 휘장을 펼칠까

레일바이크 타고 내닫는 가슴 가득
일출을 품은 꽃물결이 여울지는 그림을
개칠하고 또 그린 봄비 뒤
담장너머 산, 지워낸 물감 빛 털며
초록의 고갤 쑥 들겠지

봄눈 녹는 소리

어제 백설 공주 옷 빛으로
기지개 펴는 중인 나뭇가지를 칭칭 감고
회색 빌딩 옥상이며 파란 기와지붕
주차된 자동차를 온통 덮었더니
봄으로 하루 더 다가선 볕에 캐들캐들 간지럼 타며
뽀득뽀득 제 몸 관절 풀어 봄눈 녹는 소리

눈치 빠른 꽃나문 살살 어깨 흔들어
소복이 얹힌 눈꽃 털어 내리고
살포시 눈 내려앉는 착지 기미에
땅속 새싹들 서로 톡톡 쳐 겨울잠 깨자고
소근거려 고개 세우는
봄눈 녹는 소리

당신의 부재 이후엔
가끔 서운케 했던 말조차 봄눈 녹듯 흔적 없고
희끗희끗 자책의 질량만 늘어
아무런 것도 먼 나라 울림이던 무딘 귓가
영화 러브스토리에 당신 목소리 포갠 배경음
봄눈 녹는 소리

녹우 뒤

어제 비 내리는 낮
시청 부근 먹자골목
초대받은 시래기전문점 처마 끝에서
우산살 타고 내린 빗물 색은
희끄무레 암회색이더니
녹우 그친 오늘
비슷한 거리에서 맴돌아
어느 방향 둘러봐도 눈 가득이
씻겨 반들반들 윤기 나는 이파리
나뭇잎엔 녹색비가 내렸나 보다

입하 무렵

기억상실에서 퍼뜩 돌아오듯
너댓 살 때 본 풍경 띄엄띄엄

자작한 논물에 발 담그고
훌훌 부채 펴는 손짓이 볍씨 뿌린 거란 걸
마을 앞 푸르누르슴한 출렁임이
보리이삭 패는 숨결이었던 걸

양지바른 앞산에 줄줄이
장터국수틀 집에 내건
국수타래 닮은 늘어진 꽃타래가
개구리 우는 밤에도 하얗게 뒤척인 아카시아였던

따사로운 봄 다 가는
예순 훌쩍 넘어
다시 여름 시작인 이제
더운 기색보다 서늘한 바람 끝에

코끝 눈끝 머리끝 성주산마루 어디부턴가
기억상실에서 되살아나는 그 입하 무렵인 걸

별 아래

하늘먼지 한 톨까지 불어 날려
산마루 저 멀리 한 무더기 구름도 비켜가고
별이 눈물 나게 곱다
화분의 군자란 꽃 위에
어느 예전 가슴에 불 지르던
무한을 꿈꾼 불씨
화닥닥 폈다 사그라든
성당 종탑에서 멀어져간 종소리 댕댕
흩어졌다 되돌아오는 소릿결에
어머니랑 그이랑 다가서는 얼굴
눈물 나게 고운 별 아래
조아려 나는 부활을 믿습니다

여름 한 날에

하늘빛은 하도 청청해
동해물빛이 떠오르는데
고온의 기록이 시시로 바뀌는 폭서에
어디에고 닿으면 데일
펄펄 끓는 지열의 중심
갑자기 매미소리 쨍 다급한 외마디
이내 숨 막힐 만큼 무더운 적요에 하필
환영 가물가물 스쳐가는
내 스무 살 이전
그 여름 태양열도 눈 못 뜨게 내리쬐고
못지않게 뜨건 체열로
외려 오한 든 모습이 낯설던 아버지
꿈에조차 오래된 심상
어쩌자고 이 염천에
뜨겁디뜨거워 아픈 그리움으로 다가설까

작열

일찍 여름 든 한낮 볕이
무서울 만큼 하얗게
불거진 데 뚫린 데 무차별 들이채워
온통 팽만한 시간마저
뜨겁게 부풀어
이내 가슴에 이는 불 이글이글

그냥 예사 작별이 아니었던 것을
얼마나 뜨겁게 이별의 숨을 삼켰을까

바늘 끝 백만 번 잘게 저민 빛살보다
예리한 빛으로 바스러져 내리는
속 타 혼절하게 부신 시공
맞잡았던 체온으로 만지고픈 간절함
실낱 바람결에라도 한 번 쥐어졌음
온몸 온 우주가 작열뿐인가

밤눈

어제의 별꽃 수만큼 많고 많은
땅 사람의 역사
땅 것들 스토리를 버무려
하늘 밑 허공에 모아 쌓다가
여백도 넘쳐 못 다 저장한
연유 깊은 눈물 걸러낸 앙금이다
밤새 우주 어디쯤에서
표백하고 가는 체로 쳐
되돌아 땅으로 가슴으로 스밀
무진장 설렘 큰 메시지의 재구성이다
밤눈은 그렇게 초연히
내 꿈길에서조차 눈치 못 채게
가만가만 희디흰 맨발의 숨은 걸음
두터운 겨울실화로 내려
눈 닿는 먼먼 데까지 페이지 널리도 폈다

여름, 떠나려는가

훅 다가선 그대
뜨겁게 손잡았었지
태양의 체열로 이글대던
그 후끈거림 긴 나날
나뭇잎을 키워 숲을 이룸이려니
해바라기 씨 알알이 채움이려니
맞서 감당키엔 까무러칠
불의 성품 누그러질 기미 없이
끝 모르고 달아오르기만 하더니
속 태우다 하루아침에 맘 고쳐먹은 선심
단숨에 푹 작열의 오만한 기를 꺾고
그대 여름아, 떠나려 하는가
기록경신 혹서도 몹쓸 날은 아니었지
그 열도만은 내 기억해 주리

기다림 있는 한낮

남쪽 탐라국에서 치올라
북쪽 백두까지 휘돌다
잠시 중부에 머뭇대는
비온 뒤 훗훗 상큼한 습풍을 집어물고
흰 구름 날개에 가득 얹어
저울추 맞춤 좌우 갸웃갸웃 비행하는
잠자리 큰 동공에
씻어 더 짙게 푸른 이마 털고 일어선 숲은
먼 지난 날의 호수 물그림자 공중 들어 올림이다
덩달아 산 정수리까지 높이는 음계로
절정의 무더위를 들이마신 생목
금속성 울음 토해 노래하는 매미소리
내 나라 사계는 아직 분명해
맞서거나 피하거나 혼 살라
이 한낮 뜨거움조차 사랑함은
기다림 있는 다가올 철
출렁 넘실대는 설렘이 떨며 살아서다

숲의 웃음

비 그치고 바람결 부드러워지자
때맞춰 기침한 숲이 넓적한 어깨를 흔들며
잔 나뭇가지까지 휘휘 휘파람소리 나게
연두 물 부추기는 너털웃음 날린다

어느 능선에 몸 숨겼다 나온 산새는
이쪽저쪽 잦은 웃음소리 굴려
햇잎사귀 돋우고 새가지에 옮겨 앉는다

구름은 모였다 흩어졌다
헐거운 신발 헐떡여 가슴부터 내달린 시내길
바람개비 둥근 회전 속 아롱아롱 다가서던 숲
그 모양을 느릿느릿 재연한다

금세 숲의 볼엔 닥지닥지 웃음기 만발
시시로 잎빛 짙은 목 한껏 젖혀 터뜨리는
지축도 들썩일 기세의 설렘 찬 숲의 웃음

숲의 소리

늘 시선 닿는 아파트 담 밖 울창한 숲 가운데
지난해 새로 조성된 솔 안 말 공원에 들다
밤꽃 흐드러진 밤나무 겹겹이 그늘 더 깊고
바람 흐르는 소리부터가 어린 날 향촌을 닮았다
몇몇 종류의 꽃과 나무 돌과 물웅덩이
귓가에 퍽 가까운 새들의 지저귐
풀벌레 낮은 소리 사이로
들어본 지 오랜 개구리 울음소리 도드라지다
누군가의 푸릇한 연인이었던 어느 때
숲길 걷다 개구리 떼로 울라치면
비 올까 지레 호들갑 떤 발자국소리
담장 하나 돌아왔을 뿐인 숲엔
하찮게 만나는 바스락거림도
해질녘 구름 느릿한 하늘 빛 속으로
높낮이 다른 생명의 소리
시차 오가는 추억의 소리
층층이 감성 실린 음폭으로 퍼져 올라
오늘을 살아 숨 쉼의 확연한 소리
혼을 깨워 들먹일 영감의 소리가 되다

잎 지는 마당에서

내 사는 아파트단지가
저 많은 잎 푸르붉던 나무숲이었나?

어느 잎 돋운 봄빛에 깜짝 감동
분주타가 또 언뜻 무성한 잎 그늘
땀 젖은 낯 식히던 풍색이
성큼 써늘하게 바뀐 이 아침
모자를 눌러쓴 민낯으로
치과 행 나서는 이쪽저쪽에서
서걱서걱 경비원 빗자루에 쓸린
미처 가을색도 덜 바랜 낙엽무더기
공중 무희로 날다 머잖아 눈꽃마중 설레며
제 몸통 아래 머물 낭만조차 불허된
한해살이 잎 지는 마당에서

갈색 점 하나 박히지 않은 원형의 잎 한 장 고이
수첩갈피에 끼다 뉘 볼까 머쓱 물색없이 혼자 웃다

겨울 숲

저마다 한껏 키운 나뭇잎
뒤덮여 잎맥까지 붉히다가
시시로 잎사귀 진 숲에 들어
사그르 다그르 표음 모를
가지끼리 부딪는 소리
귓가 맴돌아
저만치 어린 날까지 기억록 들쳐
언 도랑물 소리께로 이끌리다
다시 휘리릭 정표 몇 줄기 쓸고 간 뒤
발걸음 옮겨 딛자니
맞받아 코밑 가까이
얼마쯤 아릿하고 찡함 곁들인
처음 아닌 익숙한
소리인지 향내인지 알 듯 말 듯
몸통 큰 나무들 밑둥부터 물오르는
잎눈 마디마디 동면 깊은 꿈 깨나는
내 기다림 앞세운 연둣빛 기미
아직 갈색 짙은 겨울 숲 위아래 펴오르네

숲의 품

골 깊은 숲 둘러친 이전 집 떠나
지금은 고층이랄 수도 없는, 표기상
솔 안말 고층에서 한갓 의식마냥
숲의 품 응시가 거의 일상이 됨은
순전히 내 관점의 가늠에서 비롯하다
먹빛 꼭두새벽이나
우연히 개기월식 있은 달밤
감탄 깊은 눈 내리깔고서나
응석이건 보챔이든 때 없이 파고들어
안기고 등 기대고 온갖 잡언 칭얼대다
또는 명상의 향방을 외로 바로 거꾸로
계절을 멋대로 엇바꿀 연상이 가능한
변화 잦은 명암에 공상화 붓질도 종종
사람 사이 치른 이치에 맹탕이었던
비밀이고 싶은 어느 시간조차 미덥게 감싸
끝내 속 깊이 평온케 하는 저 숲의 품은
온전히 내 마음결로만 가늠함이다

새날엔

다시 소망덩이 뭉쳐 태양빛 환한 새날
모국어로 생명 하는 이 땅 꿈을 숨 쉬는 동안
제 빛깔과 모양을 빚을 씨앗들이 송송 발아하고
하늘 가까운 산정 상고대는
나뭇가지마다 눈의 무게를 인 채
잎 푸른 시절을 기다릴
준엄한 법칙을 알아 저온을 견디기에
부시도록 시린 진경의 절정을 이루데
얽힌 인간사 응어리진 가슴팍이듯
심하게 상처 깊은 고송의 옹이는
볕과 비바람의 어루만짐으로
더 짙은 솔향을 생성키도 하며
시간과 인연들의 어울림으로
아물리고 새살 돋우는 순응을 익히데
새날엔 우리 그렇게 또 새로이 피 돌림 따습게
결기도 맑고 밝은 향내 으뜸의 숨결 풀풀 뿜어
희망바라기 외진 목숨에까지 꿈 피울 향기가 되세

머물고 싶은 시간

한파주의보에서 경보로 바뀐다는
행정안전부 안내문자가
잠시 먼 나라 가당찮은 메시지인
안온한 서실 거실 안방
베란다 창 가득 진 밝은 햇별이
창틀 화분그림자 몇을 드리우고
하얗게 노랗게 밀려드는
살아서, 살아있음에 만나는 평범함이
꽉 차거나 비어 볼품없는 여백까지
예사여서 누리고도 덤덤했던 염치 일깨워
가닥가닥 새삼 따스운 기운
온몸 속살 세포까지 감동의 파장
쉽사리 우울감에
눈감고 갈앉고 싶던 늪에서 깨닫는
순하게 눈뜨면 맨 겨운 사랑인 걸
숨 돌려 늦된 각성이 신통하기조차 한
그저 이렇게 머물고 싶은 시간

2부

만남으로 가다

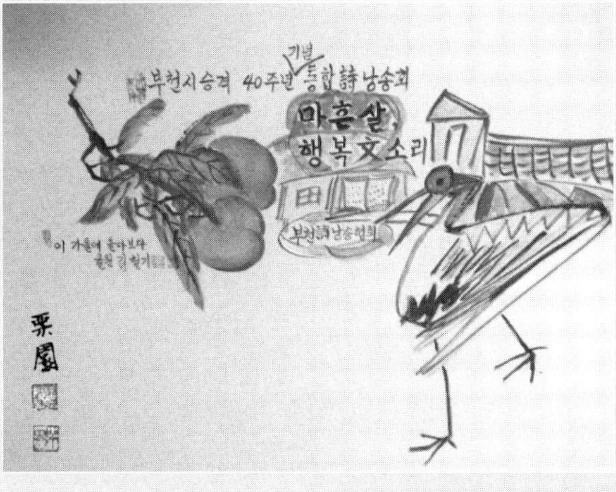

낮잠

햇빛이 거꾸로 곤두서 커튼자락을 밝히는 낮
속눈썹 끝마다 추를 달아 드리우고
볼 위로 자글자글 비타민 D 스며들며
산후조리 받던 때에도 별반 자 본 일 없는 낮잠이
밀물 속도보다 빠르게 범람한다

춰 본 일 없는 학춤을 추다가
학 날개 훠이훠이 몸이 떠올라
'모산댁' 어머니 택호로만 들은 모산
동네 미루나무 상수리를 스쳐 비행하다
하얀 구름에 휘감기다
첫 외국여행지 뉴질랜드 평야 위
어디선가 복슬복슬 솜구름 털을 가진
양떼들이 잔파도 웨이브로 밀려와

허공인지 수면인지 지상 양지바른 둔덕인지
엄지 검지발가락 찌릿찌릿 풀쩍 단번에 깨금발 뛰기
앗! 낮잠을 꿀 재미지게 잤나 봐 내가?
큰 하품 목젖까지 비스듬히 들이민 햇빛
가득 마신 입맛 다시며 속눈썹 올려 뜨다

겨울 플랫폼

기차가 들어올 철도 쪽
그늘진 플랫폼 바닥이
얼어 웅크린 겨울 강빛이라
잠시라도 햇볕 든 쪽으로 물러서서
겹겹 껴 입어 몸 부푼
둥실한 그림자를 데우며
짧아서 절실한 따사로움을 조우

차디찬 공기를 가른 기차가
속도를 늦추어
티켓을 배정 받은
기다림의 숫자 앞에 멈추고
데우던 그림자를 재빨리 지우며
승차 계단을 오르는 발목까지
한기 아리도록 휘감아 시린 겨울 플랫폼

리본

노랑나비 팔랑팔랑 꽃밭 위에
가로 누운 8자를 그렸지
빨간 리본 달린 블라우스 첨 입고 소풍가던 날
바지랑대 높이로 콧노래 날리며
나비 따라잡던 산골짝도 풀빛 리본 길이었지

나비모양 리본 빛살 반짝이는 보석 박힌 의상에
웃는 입술이 더 예쁜 리본인 손연재 선수가
리본을 들고 둥글게 말았다 폈다 던져 받다
지구를 굴려 나비를 그리다
온몸으로 날으는 리본이다

객석의 외국신사가 맨 나비넥타이나
별 문양 리본 머리띠 숙녀의 머리칼보다
무지갯빛 유무광으로 빛나는 리본 곡선이
전광판 위에 깃발을 매다는데

설산과 얼음바다 눈부신 남극
펭귄의 연미복 목덜미에 석양 아른아른
파스텔리본 그림자로 어린다

그 때문에

산골오지
외딴집에 살지 않아도
며칠씩
누구와 얼굴 맞대고
말 나눌 일 없을 때 잦다

그래도 외로움 타지 않음은
고층 창 너머 건너편
바람 구름 비 햇빛
멧새며 숲것들 빛깔 숨소리
번갈아 새롭게 달리하는 그

맑거나 흐리거나 숲 마디 사이
희한한 설렘의 시간을 지녔고
간절한 모습 목소리 뜨고
뭣보다 시의 착상 가락가락 만나는
그, 그 때문에 외로움도 저쯤이다

만남으로 가다

화살 당겨진 시간을 사는
총총한 발걸음 무수히 타고 내리는 곳
누구라도 한 번쯤 맘 조리던 기다림에
곱게 펴 든 손 바람결 꽃가지
아릿아릿 설렘의 별로 반짝여
사랑의 별무늬 아롱지기도 했겠지
오늘도 여기 앞서거니 뒤서거니
한껏 꾸린 웃음보따리 행복꾸러미
가슴엔 더 말간 꿈 소담스레 안고
환하게 꿈 나눌 만남의 행보로
그들은, 우리들은 모두
또 다시 새롭게 만남으로 가다

선물의 중점 기록서

초목이 꽃빛보다 밝은 날
내게 당도하리란 실감 둔한
특별한 이름 붙은 생일선물에
들뜨고 벅차 잠시 구름을 타다가
정작 평생 중요선물은 기록조차 없어라

오늘을 있게 한 신과 부모로부터
나라서 누린 기쁨이랴 사랑이랴
예상 넘친 무한 섬세한 오감 충만 선물
몇 번쯤 회의에 허우적인 어깨 위도
고쳐 서 보면 날 위한 빛과 공기여라

남은 삶길 중 기꺼울 선물이 뭔들 다
중점 목록 으뜸이겠지만 꼭 하나 더
기도로 간원하는 죽음 길 허락된다면
주신 생명 아끼며 살았노라 마음의 묘비명
기록서로 영육이 또렷하다 눈감음이라

더미

바람이 결 바꿔가며
앞산 들락거리더니
진달래 꽃더미 촘촘 핑크더미
짙어가는 녹색더미 속

오늘은 훌쩍
또 다른 하얀 더미 붕긋
아카시아 꽃 벌써 폈네?

어린이날인 간밤 느닷없이 꾼
예전 태몽이라 해 잊히지 않는 꿈 퍼뜩
산더미만큼 쌓인 붉고 푸른 고추더미
울컥 설렘으로 살아나고

화르르 햇살더미
뇌 가득인 생각더미 흩으며
이맛전까지 한 더미 익은 봄날 부시다

쉬운 이치

철 따라 꽃빛 잎빛
화사한 겉옷을 너울대도
못 드러낸 속빛인 채 무채색
또 하나의 나로
앞 옆 돌아보면 뒤에서라도
붙어 따르는
빛의 반대쪽 그림자가 있다는

신록에 끌린 걸음 몇 백 년 나이배기
이삭모양의 꽃을 넘치게 매달고
엄지손톱만 하거나 조금 더 작고 크거나
연푸른 행목애잎 줄줄이
버들 늘어지듯 수를 모를 무한 가지 아래서
가을 그 노랑 불을 켜드는 은행잎도
요렇게 움터 자란 시절 있다는

알고도 남았을 쉬운 이치를
오늘 새삼 깊게 알아챔이 경이롭다

그야, 엄마야

2주기, 3주기
속절없는 시간 흘러도
아니 흐를수록
그야, 엄마야

눈 떠 씻을 때나
밥상 앞에 앉을 때나
옷 입고 신발 신을 때
티브이 울고 웃는 얘기
무심한 독서 사소한 통화
하다못해 감기를 앓을 때나
마다마다 따르는
보고픔 슬픔 애달픔
적절함 뭔지 엉키는 생각에
미친 헛손질 허우적이다
아무렇게 울음 터져 코 힝힝
가슴팍 움켜잡게 아픈 참말 간절한
그야, 엄마야!

시시때때 거꾸로 가는 시계

출행 맞춘 알람 첫 음에
발딱 몸을 일으키는데
내 어려부터 잠귀 밝다며 뒷걸음질로
샛별을 시계 삼아 새벽밥솥 불 지필 때
엄마머리칼 색 희었는지 검었는지 어릿하고
치마꼬리 당겨 허리띠 조이던 시간으로

기행 길 강변 조약돌 달군 볕
샛별 다 모은 빛 부심 속으로
등성이 산 뻐꾸기 맑은 목청
옛집 태엽 가득 감은 뻐꾸기시계
시각마다 창 열고 청청한 뻐꾹 소리
소리 세며 일손 가늠하던 엄마시간으로

후딱, 희고 곱던 살빛 가뭇해진
밥알 삼킴도 알아챌 살갗 얇고 마른 목의 노구
목숨 놓도록 옥색탁상시계 시침분침 짚어
정신줄 챙기던 엄마의 겨운 시간으로
샛별시계 뻐꾸기시계 옥색시계
이제도 내겐 시시때때 거꾸로 가는 시계

이별 뒤

심장이 몇 차례씩이나
저리고 에이고
되살이한, 풀죽은 꽃풀의 낯빛이다가

눈 감고 뜨는 밤낮의 구분이야
때 되면
습관이 알람을 켜지만

아무렇지 않은 체
건성 시침 뗀 겉 무표정은
정직한 시간 속에선 저절로 떨리는 세포

가끔 훅 들이치는 바람의 단내에
코끝 찡한 역설의 두근거림은 잠시
시린 맘 도돌이표만 찍는 여전 멍한 시공

반성

청탁받은 신작 원고
마감 이틀 전

제비꽃 담숭담숭
바위 틈 스민 별 발에
눈부시다가
노을도 모래파도
이랑 짓는 사막
푸석 길 따라 휘돌다가
가고 없는 그 사람
이마 팽팽할 때 목소리
불현듯 고향 냇가 조약돌 위

시상 빗댄 우주투어 또 하루
창작 못할 급선무가 있긴 했을까?

모습 짓고 다가오길

묵지근하고 정체된 어느 시간 사이로
나직나직 결 여린 영감이
마구 창작의 혼을 흔드는 시각
여태 나를 일으켜 세운 것이
일상 속 공기였든 물이었든
돌아봄조차 마냥 벅차다
조금은 변죽 좋은 속내지만
다가올 퍽 많은 날도 당연한 확정이라 여겨
부푸는 언어들의 행간으로
숱한 단어들 숨차게 널을 뛰다
줄달음치는 생각의 연줄을 당기다 풀다
중심 지탱하는 발레리나 걸음 사뿐한 착지
가슴 뛰게 포옹할 기다림 커간다
피톤치드 뿜어내는 숲이든
모래바람 둘둘 말아 도는 사막이든
형형하게 소망한 모습 짓고 생성되어
내게로 불쑥 단걸음으로 다가오기를

나이 드는 건

어머니를 닮는 것이다

떠나시기 전 노후를 함께하지 않았다면
문득 문득 낯익은 듯 낯선 내 몸짓
뭘까 생소했으리
100세 시대라 해도
반 꺾어 훨씬 기운 나이에
날마다 달마다 조금씩
새롭게 달라지는 자기를 만날 때마다
어머니와 흡사하게 겹치는 영상
아마 어머니도 이렇게 나이 들었겠지
의지와는 상관없이
나이 드는 특유의 여러 실상을 겪으며
서늘해지는 한쪽 가슴 쓸어내리다
때때로 울컥

흐르는 구름에 흐린 눈빛 씻었으리

헛걸음

조찬일정변경은 그간 드문 일
지난달에 등록해둔 날짜 챙겨
새벽길을 나서 당도한
어둠의 켜가 덜 걷힌 관공서엔
한발 앞선 지인의 실색
헛걸음임을 알아차린 코끝에
아침을 여는 공기가 새치름하다

살면서 더러 아니 종종
어쩌면 앞으로 더 쉬이 겪고는
곧장 득실을 셈하거나 반성 곁들여
정신줄 점검할 법한 발품에
그다지 짜증도 탓도 허탈감 요동도 없이
평평한 심박동으로 돌아서며
어디 100% 헛걸음이 있을까, 하늘 해맑다

새치를 물들이며

새치라기엔 고르게 희어진 '귀밑머리 파뿌리'
자라기를 멈추지 않는 머리카락 활성에
기뻐할 아량은 억지 한 순간뿐
반갑잖은 손님 들 듯 잦은
눈 덮인 솔잎 터는 짓, 물감 칠이다

양귀비 흑발
빨간 머리 앤
혹은 금발의 서양 스타 초대
한 달이 멀다 싶게 거행하는 의식

노을빛 무리 퍼지는 강언덕
화사하게 억새 휘젓는 반짝임 사이
젊은날 윤기 찰랑이는 긴 내 머리채에
선연한 은빛 머릿결 어머니 모습 겹쳐
종종 눈길 남몰래 거울 속 못 박힘이다

멈춤의 여유

줄곧 전진 진행에
포상이라도 걸었든가
멈추고 돌아봄이
나아감에 지쳐 뒤처진 모양샐까
숱하게 놓쳐 버린
만남과 인연 사이 온도

돌아 둘러 바람에 나부끼면
무상의 빛살에 기대며
종주해서 닿을 예견
첨부터 꿈꾼 적 없는 듯 접고
정지선 가려 따지지도 말고 선 채
멈춤에 물렁한 날숨 끝의 여유

요동 없는 허공은 그저도 머리 위

3부

그리다

그리다 · 1

타고난 천성일까
눈 뜨나 감으나 그리움
생각이 살아 있는 내내
숨결에 차올라 글로 그림으로
그릴수록 그리워지는 것
속 바탕에 박힌 꿈인가

빛을 삶을 사랑을 인연을
달 별 산 들 바다 향촌
기억을 잡고 있는 소리와 형상
갓 만난 시어와 화제畵題, 미래조차
새기고픔 여직 우주 그득
목숨의 붓질로 그리고 또 그리다

그리다 · 2

어머닌 봄이 가는 길목에
그는 봄이 오는 길목에
그리다 덩어리로 뭉쳐만 가길
네 해, 다섯 해

멍치 밑 속눈썹 끝
심장에 박혔다 치밀어
몽글몽글 솜구름마냥
꽃비 꽃별 천지에 떠 퍼지는

다른 철에도 없기야 했을까만
또 봄 오고 지는 길목에서
문득 뾰족한 정점에 부딪혀
눈물범벅 속 아찔한 현기증 빛

여백 많은 하늘땅을 화판으로
손 맞춤한 어떤 화구로도
덤을 얹은 수식어로도 못 미칠 걸
마음의 붓질로만 그리고 그리다

3.1운동 100주년에 그리다

3.1운동 100주년
고층 베란다 창밖으로
내건 태극기 그림자가
볕 가득인 방에 드리운
반투명 커튼 폭에 펄럭여

그날 무채색 울분의 옷자락 너울거림이다
뜨겁고 뜨건 의열사 피울음 사르던
수천 마디 압축된 함성이다
몹시도 울컥거리는 가슴에 꽂히는
백년 그려 오늘에 이른 묵언이다

다시 100년 후대에
자유대한 더 빛날 우리 모국에
비뚤어지지 않은 전달을 곧게 이어져
선열들 목숨 값의 기억 놓지 않길
간곡함으로 빚은 소망 덩이 그리다

그리움 준비

눈빛 마주
연유를 설명치 않아도
사이 숨 삐져나올
작은 틈바구니까지
화산으로 치오를 그리움

지금 문득 그리움 가까이서
가벼이 눈시울만 붉혀도
눈물 그렁그렁 점화될
그립기로 준비된
내 그리움

2017 백로에

낮 햇살 부시게 따가운 백로에
택배로 받은 특산지 홍로사과를
뽀득뽀득 씻어 잔물방울까지 쪼개
아삭아삭 느리게 명상조차 깨물다가

단내 물씬 날벌레 웅웅 그 숲
늦더위는 왜 또 그토록 후끈대던지

나이도 먹을 만큼 먹은 총각이 이끈
설게 서툰 데이트길
어찌 걷다 보니 출구도 아득
청바지에 운동화면 좋았을
맞춤정장 뾰족구두 도회차림

걸음마다 구두굽 퐁퐁 빠지는
흙길에 설렘은 묻히고
뭔지 울컥 치받는 울음보
주저앉아 터뜨린 철부지 숙녀
허둥대는 연인의 달아오른 볼 저만치
얼핏 설핏 과원의 붉은 빛 무리

기억 공유할 그는 이미 아찔한
또 하나의 기억이 되고
탱탱 손안 홍로에 흰 이슬 동글동글
하얀 추억 둥그런 그리움 구르는
2017 백로에

다시 2월은

눈 덮인 산자락에
나무그림자 길게 선 바깥 기온은
아직 한파 오락가락 중
양지바른 발코니 창틀에 볕
바글바글 끓다 되튀는 금빛 분수 눈 시리면
유독 남 먼저 봄 타던 냄새부터
무섭도록 벅찬
아프도록 설렌
정말 미치도록 솟구치고 일렁이는
내게 다시 2월은
간곡하게 깨어 살고 싶게 하는
바람몰이
깃발잡이다

5월 생월에

연두와 초록
눈부심에 눈물 날
5월 생월이다

눈을 들거나 팔을 뻗거나
하늘빛 바람결 산뜻 만져지고
어디선가 울림 신선한 축포 발포음
깜짝 안겨온 기찬 행운에
고개든 초목 일제히 나붓거리는
아잇적 꾸던 소망 꿈을
청년 중년 다 지나 또 꾸며

생기로 청청한 때를 생월로 준
어머니 더 그리는 달

연두초록 눈부심의 행운만으로도
왈칵 가슴에 스미는 꿈 빛 향기 그대로
정겨운 생명들 숨 쉬는 산야에
되돌려 흩뿌리고 싶어라 5월 생월에

어머니의 실패와 복주머니

손바닥 안에 드는 갸쭉한 흑자색 목각테두리에
완자무늬인가 두른
네 모서리마다 닳고 닳아 나무속살 바스러지는데
흰 무명실만은 X자로 정연하고 팽팽하게 감겼고
실 꿰어 꽂아둔 바늘귀에 녹슨 어머니의 실패다
여남은 살부터 바느질 배워 언제 손에 넣으셨던지
식솔 옷 짓고 이불 꿰매고 당신 수의조차 정갈히도
구십 넘어 바느질꺼리 별반 없어서는
기성복 속내의며 겉옷 줄어든 몸에 맞게
소매기장 아몰 품을 줄이거나 그마저 할 게 없자
모아두신 헝겊으로 기계로 찍은 것 못지않게
복주머니 지어내시던 어머니의 실패다
떠나시기 얼마 전 그럴 리 없다 손사래 치시는데도
혹 전기장판에 바늘 놓칠까 걱정한답시고
자주 안 여는 곳에 치워뒀던 걸 문득 찾은 오늘
실밥 하나 겉돌지 않는 색색의 복주머니와 실패
아, 이래서 또 하룰 못 거른 울음 흐느끼고야 마네
감긴 실이나마 다 쓰시게 했던들 뭔 일 있었을라고

꿈

무엇을 하고 싶은
어떻게 되고 싶은
어느 즈음엔 바뀌기도 한
어렸을 적부터 내도록
언제까지 꾸어 왔을까
꿈이란 걸

이제도 꿈에
꿈을 꾸던 옛 마을
잊고 살기도 했던 풍경이며
더 신비로운 색을 입은 곳에서
꿈일 수밖에 없는
꿈같은 이야길 짓고

돌아보면
하려던 되려던 바라던 꿈들이
자라고 영글고
얼마쯤 비스름한 채
내 안의 표정으로 살거나
끝내 신비로 꿈에 출현하거나

나의 2월

봄물이 드는 볕이 반짝반짝
눈부심만큼 그와 나의 감동 비교 불가능
그 2월 입춘 날의 특종
새 생명을 만나기까지의 뼈저린 산통
새 생명으로 와 그 때 그의 나이가 된 해
2자가 셋이나 겹치는 날
웃음만 주고 싶은 그와 나의 생명에게
천만 마디 말 담은 눈으로 내 손을 쥐어주며
그가 마지막 흘린 눈물

전쟁드라마 속
간발의 총구 앞에 선 숨 막힘이랄까
메스를 든 의사 가운으로 난데없이
피 튀겨오는 경악할 긴박함이랄까
사위스런 연상이 공중 떠 강물이다
어디서 와 어딜 가는 바람인지
만남의 때에나 이별의 때에나
봄빛 실어 결 곱긴 여전한데
뼈저리고 에이는 통증 꼭 닮은 나의 2월

이런 날엔

불현듯 그리움이 퍼붓는 소나기
흙냄새 풀냄새 흠씬 나는 날엔
야트막한 산으로 가고 싶다

소나기 쏟아도 우산 없이
바지춤에 풀물 밴 채
축축한 들냄새 풍기던 아버지
까마득한 냄새를 만날 것 같다

뒷산에서 비 피하던 우리들
스토리도 얼굴도 가물거리는 초동
나뭇가지 틈새로 꽂히는 햇빛 물고
짹짹대는 새소리에
그들의 이야기소릴 볼 것 같다

야트막한 산길도 숨차면 그늘진 쉼터
납작한 잔 바위에 자리 잡으면
산이 숨 쉬는 푸른 숨결 등을 쓸어
아직 선연한 어머니 어루만짐에 들겠다

기억이라는 것

드라마 메뉴에 상실 잦은 기억이라는 것
청문회마다 줄다리기 단어 기억이라는 것
내겐 설렘 회의 아픔의 재생 기억이라는 것

어떤 풍광 어떤 사연 저장 켜를 가늠 못할
아련키도 선명키도 한 꿈결도 닮아
때론 커서터치 바꾸는 속도보다 빠른
불러오기나 이동이거나 지워짐의
머릿속 동영상 혹은 정지화면

불쑥 다섯 살 때 이사한 우리 집
흙벽 방문 둥근 쇠 문고리 첨 잡던 감촉
앳된 소리 냄새 몸짓들 하찮은 것부터
드밝은 전원저택시절 그득한 서고도 열렸나
시차를 종횡하는 돌림 극 편편 꼬리 물며

어쩌자고 연중 으뜸명절 설 바투 세밑
시간 일손 빡빡한 틈새 당찮게
차례 모실 조상님 앞서 눈 적시는 기억이라는 것

내 집

창박 하늘가 구름 흘러도
더 이상 늙지 않는 저 사람 곁
아직은 숲의 말을
철마다 울타리에 모아 담는
반듯한 벽뿐인 하얀 집터

어느 훗날 내 숨 놓고
생전 살던 집 떠나는 때
정히 사진 한 장 들고 입주할
국립이천호국원 그의 곁이
영면의 유택 내 집이랍니다

어머니의 땅

어머니 떠나신 5주기 만에 남기신 땅을
우리 자매들 공동 상속 절차 밟다가
근 이백 년을 되짚어 더듬느라 까마득 잊은
내 어릴 적 들은 말 떠올라 왈칵 뜨건 눈물

창씨개명 피한 외할아버지 글공부 채근에
어쩌자고 한글 떼기보다 빠른 눈썰미
외할머니 따라 바느질 길쌈에 손끝 여물어
머리 땋아 내린 유소년기 어린 티도 못 냈다던

일제 강점기 그 기막힌 세월에 일찍 결혼해
어느 땐 아낙네들에게 쌀 배급 준다고
일본말로 외라는 구호 차마 입 안 떨어져
끝내 빈 자루에 울분만 삼켜 담았다던

또 한국전쟁 때 마을이며 집 모두 불타고
피난길 걷다 방공호에 피신하다 이사가 일상인
길고도 암울한 그 모진 삶 살아내며
우리 땅 한 자락 사는데 몇 수년이 걸렸다던…

땀 밴 어머니생애 편편이 펴즐 맞듯 짐작되는
남겨주신 땅 판 금액보다 값진 상속재산
어깨 쳐져가는 딸 기운내란 다독임 생전이나
사후에도 내리사랑 역력한 내 어머니의 땅

기억을 깨우는 계절

멀찌감치 푸릇푸릇 둘러섰던 산은
연둣빛 목덜미 쑥 드러내 가깝다
볕은
작년까지도 못다 알아 적은 낱말 품은 햇살
다시 지구 가득 쏴 부시게 내리쏟고
희뽀얀 목련봉오린 떼로 제풀에 하르르 펴
간밤 비몽사몽 어머니 실루엣 아른거리다
이내 곁 자목련 꽃가지에
생시 자색 옷고름 자우룩하더니
소멸과 빙설의 철, 회귀의 경계 너머
잊었나 했던 촘촘한 언어 몸짓들 줄줄이
경이롭게 만상이 소생 빛깔 향내로 돋아
가벼이 귓바퀴 스쳐 끝닿기만 해도
잇대서 새록새록
기억을 깨우는 계절이네

2018년 내 손의 이력

다시 허락된 해맞이 새아침
나뭇가지에 앉은 눈을
포르르 날리는 까치소리 가까이
창을 밀어 여는 설렘의 동작부터
2018년 내 손의 이력 첫줄

어떤 스러진 생명 줄을 일으킬 수 있거나
미세먼지 한 줌이라도 걷어내기엔
0%에 가까운 무력함이지만
매순간 손 끝 끝마다 체온을 실어
어루만져 따스운 시간을 짓는다면

해넘이쯤
살아있음의 소소하고 되풀이한 흔적 가운데
대견한 치유의 정 아름아름 감전되어
향내 발라 사인한 내 손의 이력 몇 줄
까치부리 끝 눈(雪)빛 닮은 맑음 화답으로 올거나

오월의 산

이 창가에서
짙게 옅게 무성한 녹색 잎이며
아카시아 꽃 타래 출렁이는
오월의 산을 바라보길
열여섯 해

사철 바람을 손잡고 산내를 숨쉬고
또 그중 일곱 번쯤 거긴
새소리 말고도
“집터가 해밝고 참 좋다”
소곤소곤 어머니 이야기 섞였다

내가 못 보는 어떤
오월의 산에선
핏빛 사연 큰 울음에 절은
목쉰 긴 메아리가
깊은 옹이마다 이마를 찧을지도

하지만 오월의 산 아래서 태어난 내가
불면과 천둥 겪어 지내 다시

이 오월의 산에 사는 빛과 소릴
눈 맞추며 마주 호흡하는 벽참을
염치없이 다 들킨들 들떠 반긴다

지금 나는 너희를 그리다

제 친구 폰번까지 비상연락망 쳐놓고
해외 휴가지에서 걸려온
청량한 아들 목소리가
보행기 밀며 방울소리 섞어 웃던
아기 적 웃음,
그 웃음 한 번 더 웃기려
한 살 위 제 누나가
마루 끝에 넘어지는 시늉에 또 까르르
고 예쁜 짓 자라
고개 젖혀야 눈 맞는 훤한 웃음의 짝 이룬 딸
3화음 머리끝을 맴돌아 거실에 차고
멀찌감치 비행기 날개 구름 위에 반짝

사랑해도 갈수록 진하게 그리운
내 아들 딸 사위라서 뭘 해도 애틋한 너희
지금 나는 너희를 그리다

4부

초록길에 들면

초록길에 들면

산 밑동을 받치고 누운
초록의 들판을 따라
안개마저 초록인
5월의 초록길에 들면
제 발자국소리 초록초록

산모롱이 굽어 도는 계절풍도
초록 길 솔기를 파릇이 스쳐
솜털 귀밑머리 초록 꿈
꽃볼 말갛던 날 작은 등판에
몽당 필기구 굴러 초록초록

옛 얘기 두터운 고랑에
스스로 줄줄이 저장된 문장들
햇빛을 가득 문 캐스터네츠
삼중주 오중주 분방한 소리 되어
초록 길 음역으로 초록초록

유리냄비

수명 긴 스테인, 무쇠 주물
코팅 잘 된 세라믹
재질 다른 퍽 여럿 주방역군 냄비들 중
언제부터 자주 손이 가는 특히
양수보단 편수 소형 유리냄비

처음이나 여전히 불세기 살피고
습관으로 몸체 멀찌감치 빼
얼음과 고열도 사이
아슬아슬한 연상에 떨며
부딪칠까 모서리 피해 살살

백색 투명도 아닌 연갈색
봉글봉글 물방울 기어오르고 내림
속 다 비쳐 수증기도 들키는
성질 닮은 구석인가 싶어 짠하기도
물때 얼룩 타고 손잡이 열마저 감싸들어야지만

호박 무 맑국 당기는 오늘
손 안에 유달리 혼혼한 유리냄비다

특별한 외출

볕 발코니 투명 창 넘치게 드는
오늘 거실 밖 유일한 외출은
초여름 냄새 풀풀
잎 크는 나무들 둘러선
분리수거할 아파트 마당이다
약속에 매이지 않은 나들이
이름 아리송한 새소리 들을 수도 있다
대충 걸치지 않고 골라서 화사한 겉옷에
슬리퍼보다 색 고운 구두까지
금싸라기 볕 값에 걸맞은
정색하고 의식을 갖춘 도리다
옹색한 가치에 과장이라든가
줄어 좁은 세계의 몽상이라든가
누군가는 냉소할지도 모르겠지만
이 작은 설렘에 내 예의란다
별날 것 없어도 특별한 외출이다

오래된 것들에서 자유롭기

나무도 등짐 무거운 한해 제 잎들
한꺼번에 가벼이 내려놓진 못 하더라
한두 잎 툭툭 시작해
후르르 무더기로 터는
그러기에도 몇 낮밤 걸리던데
하물며 수년 수십 년
부드럽든 단단하든 도식화되기도 한
익은 손길로 보듬고 교감한
숨결 혼결 밴
오래된 것들로부터 대뜸 자유롭기가
재고 주저하고 돌아보길 도돌이표
아마도 매만질 손아귀 힘
스스로 헐거울 무렵에나 어쩜 될지
헤어지자 놓여나자 작심한 오늘도
유무형 오래된 것들로부터
더디게 몇 끗 덜어 어깨 실룩 추스를 뿐

녹우綠雨

창문에 사르륵 빗물 흐르는 소리
다시 꿈결인가
그 창문 가득 진홍 빛 꽃눈, 꽃눈
빨긋빨긋 빗방울 꽃망울 촘촘히
더러는 다이아몬드 빗살 선의 반짝임
눈 차게 어리어 퍼뜩 잠 깬 아침

간밤부터 내렸는지 추적이는 녹우
꿈속 꽃눈 도화桃花인지 철쭉 영산홍인지 붉고
손 뻗으면 잡혀 물 배일 가까이
가로며 산곡 물씬하게
녹음을 꿈꾸는 절정의 몸빛 젖는데
신록은 그저 보기만 해도 먹먹해지는 명치

대부분 그랬었지 늦봄에서 여름으로
사늘한 기운 앞세우고
첫 설렘 주던 까까머리 그 눈빛만큼 촉촉하게
내려서 스미고 적시어
눈물 빗물 분별 못할 가슴이게 한 녹우
오늘도 여직도 두근거림 일어

옛 한시漢詩 속 '淸明時節 雨紛紛' …
무성의 목동 손짓한 '행화촌' 이려나
목륜만큼 수백 번 피고 졌을 가지마다
엄지손톱만한 작고 연푸른 행목杏木 잎이
줄줄이 휘늘어져 녹우 부딪는 소리 따라 심장 쿵쿵
쓰고 묻는 사연의 혼성 지심 번져 스미네

고요에 갇힌 날

위층 집 앞집 일치감치 맞춤 길 떠났는지
고도가 따로 없는 산중망루다
아파트 시설점검 단전단수 예고에
조금은 경건하게
조금은 긴박하게
이 시간의 단절을 예비하여 맞는 고요
엘리베이터 아니곤 12층 문밖이
내겐 가파른 하산 길
어제 스모그 빛이던 중국 발 미세먼지
어디로 갈앉았는지 사라졌는지
작정한 가을색 짙은 햇발이
닫힌 창도 꿰뚫어 들이대지만
고요에 갇힘을 사치스럽게 향유하려는 날
창공으로부터 내리꽂힌 수만 줄기 잠언
내 안으로 몇 줄 스며오기도 전
'도르륵 톡' 가득 충전해둔 스마트 폰에서
별 사탕 튀는 전언 고요 밖 구름 뭉게뭉게
층계를 생략하고 내달을 통로를 열까
아니, 고요에 갇힌 날 참하게 속말이나 읽자

카페 회전문에서

가로수 잎이 바스락
붐비는 행인들 발끝에 채는
지하철입구 가까운 카페
낯익은 회전문 앞에 서자
나를 들일 둥근 세모꼴 문 빙빙
밀치면 오히려 멈추는 유리면에 닿을까
두텁게 뻗친 코트자락 여미며
총총 회전문 한 칸으로 드는데
짧은 긴장으로 움츠린 어깨 위
언제인지도 모를 느닷없는 그의 팔 무게
홀리듯 빨려들 듯 카페 안엔
도드라진 커피 향이 온몸 감싸
회전문 슬쩍 살피다
내 어깨에 내 손을 올려보다 제풀에 흠칫

저기 구름 그림이

저기 뭉글뭉글 산봉우릴 그리는
구름 그림이
쌍둥이 빌딩 첨탑에 걸려 잠시 멈추고
원 근 담 채도를 고르고 있다
이내 내 붓끝으론 모방이 불가한 뷰를
첨삭 수정하는 사이
저절로 뱉어지는 탄성 아—!
저 아득한 시공 끝에
보이는 구름그림마다 감동이어서
가벼운 터치로도 불러오기가 자동인
오후의 봄빛 구름 사이 자잘한 선조차
손가락 프레임만으로 차별된 화폭엔
언덕배기 고개 숙인 할미꽃 매만져
봄의 온도 향내를 익힌 어린 손등부터
청청한 10대 20대 심장 뜨겁게 뛰던
접힌 날들 펼침 그림 교차하는
저기 구름 그림이 마냥 붙박아 세우다

앞산이

풀물이 떨어지겠다
빼곡히 일렁이는 계곡
바닷색 병풍 둘러친 능선
구름은 모였다 흩었다
내 스무 살 그 바닷가
폭넓은 카펫 둘둘 말아
물 둔덕으로 마냥 서있을 기세였다가
늘 모래 벌에 제 몸 낮게 풀어 눕던
가슴에 어기찬 소리만 울린 파도
산봉으로 한껏 높여
농도 짙은 인연 모아 그리움이 된
못 떨칠 모습 갈피 접어 숨기고
당장 눈물얼룩 덜 마른 채 달아들면
혼 놓고 품을까 싶은 앞산이
좌르르 숨소리 뿜으며
딱 마주치네

꿀물

태풍 예보에
꾸물꾸물한 창가
물기 실린 바람이 훅
가지런한 찻잔 무늬 위

"엄마 차 한 잔 할까요?"
"마다하리."

기분 닿는 대로
매실 엑기스 유자 홍초에
생수 알맞은 양을 부어 저으면
"달다 맛나다 고맙다 꿀물"

꽃차 메밀 현미 핫초코 커피믹스
정말 달달한 인삼 꿀 차 그대론데
혼자 뭘 골라 단 목소리 들을까
차 즐김 어머니의 통칭 대명사 꿀물

그냥 예사로운 아침

자명종 맞춰 조찬이나 길 떠날 약속 없는 그냥 예사로운 아침
비발디의 바이올린 협주곡 '사계' 중 '봄' 알레그로며
사진설명 곁들여 양파의 효능 동영상
재탕도 새로운 예쁜 꽃은 다 모은 꽃다발 시리즈
낯간지러 삼키던 단어 말끝마다 '사랑' '행복' 메시지를
서울 부산 김해 유성 등지 또는 미국 독일에서
나보다 아침형 벗들이 굿모닝 콜 카톡 급한 시늉에 실눈
덜 밝은 아침빛이 커튼자락에 멈칫 수줍은 반색이다
그래 오늘이 선물이랬지, 누군가 아침을 두들김이 산 증표지
맡겼던 내 것이듯 예사롭고 무덤덤하게 맞고 보내기도 했을
지구의 누군가는 남 먼저 지구 밖 우주를 탐색하거나
별의별 새 역사를 실현할 수도 있는 한 번 뿐인 날
눈 떠 이대로가 안녕인 그냥 예사로운 아침에
꽃 멀미 날 만큼 꽃철 꽃 몸살의 글 다투어 꽃길 당겨
내 아침고요를 부수고 일으키는 정감이 새록새록 달가워
동공확장 걸맞게 물기어린 꽃가루 반짝이는 이모티콘 섞어
축복의 향기 실은 대거리 톡 톡 제풀에 뭉클하다
그대 잠든 유택 창 가까운 나무 무성한 산자락
새소리 잎 흔들어 기척하라 기별 보내면
내가 맞는 그냥 예사로운 아침 알아채려나

종이달력

안방과 사랑방 미닫이 샛문에
한 장짜리 월력이 누렇게 절은
12간지 24절기 육십갑자 표 옆에 붙는
정초 모처럼 말쑥하게 흰옷 입은 아버지
봉 담배 눌러 담은 담뱃대
벽걸이 갓집 위로 꼬르르 연기 피워 올리며
어느 조상님 제삿날에 복伏들었네
가족 뉘 생일에도 절기 들어 대운이네
소한 대한 애동지 노동지 따져
일 년을 연신 짚어 오가던 손가락 끝 좇아
등 뒤에 바짝 붙어 보던 어린 것의 첫 달력
몇 번이나 바뀌었을까

어느 핸 빳빳한 열두 장짜리
맨드라미 꽃등과 나란히 으뜸 벽장식이다가
언니 수틀 곁 흰 바탕 오려 저고리동정심지로
해를 묵어도 살아있던 종이달력
검푸른 감나무 잎 뒤채이거나
휘너른 눈밭 달빛도 눈여길 즈음
365장장마다 시조가 적힌 백설기 뭉치만한 일력

달포에 서너 번은 어머니 가계부였던 종이달력
날마다 뒤꿈치 들고 꽃잎 따내려
차곡차곡 하루치씩 두툼해진 시첩에서
앳된 총기 총총 시조를 외워 읊는 나달
짐짓 동심 콩콩 설렌 시인의 태동이었는지

진달래 붉었고 빈 조가비 달각달각
동그라미 중요 표식 울긋불긋 설악산 단풍
성인 축일에 우주선 발사며 지구촌 신기록 박힌
명화가 좋아 메모할 여백에 끌려
별별 종이달력 컬렉션
떼거나 넘기거나 걸거나 세우거나
산 이 이별한 이 무수히 별로 뜨던 종이달력엔
언제부턴가 침대머리에서도 고착된 시간이 되고
세계의 어제 오늘이 한 손안 스마트 폰에 상생하는데
생뚱 어린 것의 그 종이달력에
갈참나무 빛 내가 얼보여

그날

서슬 푸른 바람 깃
입춘 지나 흐늘흐늘
그래도 새치름한 눈 꼬리 길다

어느 구름에 문득 쏟는 소낙비에 비길건가
얼결에 혼비백산시킨
그날 임종의 시간 이태를 돌아 또
그다지 머뭇대지도 않고 다가서나

그가 낮게 한 단어를 말하면
아들딸과 열 마디 살을 붙여
맘 급해 또박또박 랩을 쏟아내
숨 가빠 릴레이 치다 몇 차례 한 소리로 겹치는
절절히 초극한 사랑의 언어

더 많이 더 할 걸 그럴 걸…
온통 다시 할 수 없어 다시 하고 싶을 뿐인
촘촘히 아린 심장, 손끝으로
허공 롤링페이퍼 빼곡히
울어 쓰는 그날

기찻길 안의 꽃을 보며

기찻길 멀찌감치 둔덕엔
라일락꽃 보랏빛 가슴 뛰게 하고
선로 비껴선 들판 군데군데에도
동종의 샛노란 꽃무리
금 여울 이뤄 눈부심인데
하필 철길 사이 나무 가름막 틈새
마냥 차바퀴 열기에 쓸렸을 테고
소음이 일상일 협소한 네모 칸 안에서
까다로운 내 눈길 사로잡는 눈짓 꽃짓
저 조그만 꽃들의 생생한 기운
저 놀라운 생명력은 뭔고?

한바탕 쓰다듬고 지나는 바람 끝에 하르르
산(生) 사람은 산 자리에서 웃음 짓고 살라
어쭙잖게 전하고 싶은 꽃말 노란 피켓인가

2017 처서에

타들어가 목마르게 기다릴 땐
하늘 땅 중간 어느 지점에 오그리다
찔끔찔끔 창이 자주 우는 2017 처서에
잠시 비 그친 창 너머
언제부터인가 눈 치켜 보이는
진행형 키 크는 산 높이
검록색 숲의 호흡 짬짬이
강렬한 산파고 뒤채임에 빗물 눈물이네

애초 어디서부터인지
곁 하는
곁 떠난
보이고 들리는 실체와 가상이 버무려진
닥쳐올 예상치 외로움의 무게까지 지레
파고의 맞수를 공유하는 가슴팍 울음 되어
창이 울어 흐르는 빗물 따라 질금질금
내 환절기 눈물 흐르다 말다 2017 처서에

가지

도시농장 초보농부에게
나눠받은 가지가
자색가짓빛 윤기 고르거나
혹자 거뭇한 흠집점박이
매끈하거나 구부러지거나
빛깔 생김새
가지가지다

가뭄과 무더위 내내
햇빛 쪼는 새소리에 물들이고
땅에 코 맞대고 땀 흘린 손길에
몸집 키웠을 가지를
익혀 길이로 찢고
타원형으로 어슷어슷 썰어
가지가지 찬으로 올린 식탁이 뭉클하다

사소한 것의 너그러움

예전에 먼저 퇴근한 그가
내 수고를 덜겠다고 기껏
세탁기 돌려 널어 논 옷가지가
옷걸이 방향은 뒤죽박죽 어깨엔 뿔났다고
뿔난 어깨보다 더 뿔 세워 해댄 비난
들쭉날쭉 어설프게라도 일손 거들어줘
느긋하게 야경 볼 짬이 선물이네 할 걸

설거지는 또, 씻어놨다는 그릇
덜 닦인 티만 꼬투리 잡아 후비며
가만두면 첨부터 깔끔히 내 하는 게 낫지
같은 손 가지고 두 번 일 시키냐고
깨질 만큼 화 실린 소리 왈그락 덜그럭
애벌설거지 해준 셈 쳐 씩 웃어 넘겨
맑은 물 헹구기만 해 반 일로 줄었으니
책 더 볼 여유 생겨 상급이네 하면 좋을 걸

곁하고 마주보는 사이 큰일도 아닌 것에
그다지 날선 채점 매기기를 했는지
줄 맞추고 각 잡을 결기가 누그러져서든

다시 못 올 시간이어서든
그때에 요만큼만이라도
사소한 것의 너그러움이었음 지금
추억 삼아 덜 아프게 새 살 돋울지도 모를 걸

달

초사흘 초승달을
집 밖에서 걸으며 보면
한 달이 바쁘다더라

새로 들인 난 한 촉 조우하다
눈썹만큼 자란 잎사귀에
상현달 월첨月尖 맞대 보니
허허 사흔날 만월이렷다

가끔은 달달한 믹스커피 잔에
달 띄워 시를 만나는 창가에
앉아서 달을 짓고 있는 이 한 달을
옛말 빗대 둥글려 꾸미니

달달 신간 볶아 숨 가쁘지 말고
달 커가는 속도 느릿한 행보하란
소리 없는 달빛 목소리 달게 스미더라

5부

소리에 색동옷 입혀

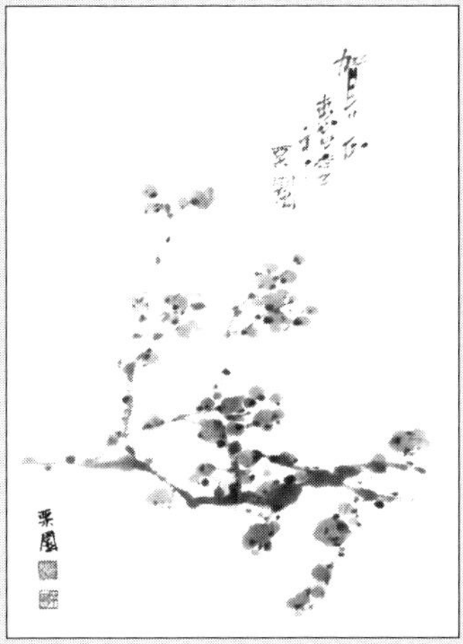

보내기 앤 확인키 클릭/ 활자 홀릭
손의 이력(2017 손)/ 그림자 · 2/ 사재기/ 행운목이 병났다
어떤 바람 앞에서/ 누구의 길을 가나/ 어허?/ 대화삭제/ 잠이 안 와
세수/ 아직 새 옷을 사는 설명첨부 / 소리에 색동옷 입혀 · 2
내게 특별한 우리말/ 그 때 그 발소리 지금
열 번째 뜨거운 계절 앞에/ 털이 혹은 털다/ 독도여

보내기 앤 확인키 클릭

마우스를 잡은 손끝이 움찔
확장시킨 눈동자로 화면을 찬찬히
거울 앞 매무새 다듬는 눈길보다
세세히 보고 다시 보았음에도

해(年)를 거스르고
초대강사 성씨를 바꾸고
송금할 금액 줄이고 늘이거나
그룹이메일주소 엉뚱하게

훅 얼굴 붉어 진땀나다 써늘한 가슴 훑던
어느 날의 재연일까 봐
초간 규격안의 커서 아찔한 긴장
보내기 앤 확인키 클릭

활자 홀릭

어깨 팔 손끝 근육과 뼈마디 몸살 겸한 감기 장기전
병원 가보라는 권유 이래저래 지체하다 걱정 섞어
근거 불확실한 자가진단 혹여 활자 홀릭?

제달에 벅찬 열손가락 꼽을 정기구독 월계간지
필독도서를 포함 장편 몇 권
받은 시집 추려 읽어도 수십 편의 시
책장에 베이고 무게에 짓눌린 종이 책뿐일까
앉든 눕든 스마트 폰 밀어올리고 내리고 넓혀
읽고 쓰고 그리고 캡처 조합에 편집도 모자라
컴퓨터로 이동 마우스 긁어 수신 송신 프린트
틈틈이 티브이 자막 곁눈질까지
예사로 이중삼중 전자음전자파 지중이다
간단 허술한 끼니 거르기 일쑤
가끔 숲빛에 눈 헹구고 물 마심이 쉼일 뿐
자격증 획득할 일 양식이 될 일 먼 짓을
때론 호흡도 멈춘 눈공에 경직된 육신 만성이다
아프다 덜하다 우울하다 행복하다… 그냥 집중
다시 밤 이슥 지치도록 활자의 바다 영혼의 유영
어쩌다 불쑥 유성 잡아챌 손맛 시어 한 구 낚으면
대통 울린 기침소린들 후순위 미련 떠는 활자 홀릭

손의 이력(2017 손)

우주 미사일 발사며, 줄기세포 배양에 쓰는 첨단의 손
지구 뒤편 오지에 우물을 파는 손, 지능 실린 로봇 손
모이고 갈리는 사드를 가리키는 손
생명을 잇기도 앗기도
혹은 스스로 제 목숨을 끊는 다 못 헤아릴
경이와 절망의 사슬 병치하는 2017 손들의 실행 속

펴보고 오므려보고 꼬무락거려 먹거리부터
온몸이 시키는 필법의 운필에 넋이 들고나
놓을까 놓고 싶다 그러면서 삶에게 해댄 손놀림
아우른 세상이다 플랜 따라 소신투표에도 손
내 지근의 죽음까지 만져본 정월에서 봄여름 갈
나이를 김매어 남은 그리움 데울 곧 해넘이다

매니큐어 별 달 띄운 꽃가지이던 때
명상의 행간에도 사랑의 씨앗을 심었던
천연색 또렷한 시간의 건더기는 후딱 꿈결
자막 스쳐간 가뭇한 공백에 잔영 엳은 손사래뿐
살가죽 밀려 핏줄 비친 그렁그렁한 내 손의 이력
이제쯤 존엄사사전의향서도 유순히 적을 내 2017 손

그림자 · 2

늘 곁해 주었거나
어둠에 숨어 못 본
존재마저 챙길 일 없던 그림자
무채색 실루엣뿐인 내 그림자가
어쩌면 꽃철에도 드러내지 못한
울음 삼킨 속 빛의 이중성인 반쪽
타고날 때부터 못 떨칠
내가 거느릴 나
아직은 구부정도 뒤뚱거리지도 말고
힘껏 반듯하길
빛 내리붓는 자리에서
심하게 어지러움 누른다

사재기

값 오르기 전 또는
품귀할 물품 발 빠르게 사들이는
사재기 풍토를 부추긴다는 일부 부류
볼멘 뉴스가 재탕된들
난 아니기에, 아니라서 질시도 했는데

오늘 혼자 소품창고 들킨 낯붉힘은
경조사 회의 나들이 계절별 기능별
옷과 구두 가방들이
우주에 출연 달나라도 가려나 할 만큼
밉상의 사재기 실상 역력해서다

바람에도 날려가겠단 말 듣던 신체 치수
한결같지 않을 것 못 내다본 채
훗날 치까지 장만했던 미욱함 역성들며
솔기마다 발라 바늘밥 한 땀이라도
늘어난 치수 가늠하는 눈썰미 곁

사용설명서 다시 살펴야 할 생필품에서
공들여 맞춰둔 원고지 뭉치며

감 생생할 때 딴엔 예비로 사잰
새 거여도 허름한 시간의 켜

사려로 안 선각심이 맥없어진 간극
그새 닥쳐 봐야 분명해짐 와 닿는데
더 후에 얼마쯤 쓸모대로 써질까나 싶은
퍽 오랜 사재기 난삽해진 현황이라니

행운목이 병났다

현관 앞 붙박이 문지기로
드나들 때마다
눈길로 등 쓸어 주었는데
지난 여름 첨 내보낸 거실 밖 베란다
갑작스런 볕이 못 견딜 열기였나
옮기지 말 걸 그랬나 보다

튼실한 몸통에서 날씬한 세 줄기
건강하게 푸른 잎 빽빽하던 행운목이
맥 풀린 내 팔 모양
어깨 죽지 바닥으로 늘어져
헐렁해진 잎 사이마다 흰 이물질 꼈다
행운목이 병났다

1989년 8월 오픈한 특별한 내 공간에
금빛 어린 띠 매달고 온 행운목
성주산 노을 너머 연 꼬리구름
찰나의 선을 그으며 사위고
〈축 발전〉 항용 본 글자보다 큰 목청으로
"행운 가득하길 바랍니다!"

이국 어느 오지 선교길 떠났다는 풍문의
화분 준 하회탈 빼닮은 웃음 머금은 얼굴이
흩어진 구름 뒤 하늘가에 언뜻 스쳐간다

맘에 쏙 든 이름으로 26년을 동거한
아프리카 열대지역이 원산지라는 관엽식물
제 땅 그리는 수액 안으로 엉기며
겨우살이 시려 피를 말렸는지
그간 윤나던 짙푸름을
건망증에 묻고 행운목이 병났다

해마다 걸리는 감기도 불운으로 여긴
행운에 무뎌진 육신 찔러 오는 채찍인지
인천대교 안개무리 뭉글거릴 때 답답함
세포가 어린 날 알밤 줍다
가시 밟은 따가움이다

곧 다가올지 모를 개화의 날
여태 못 본 꽃빛 행운이 불허되는 허망인가
아냐, 더 가져다 줄 행운을 탐내서보다

긴 세월 곁한 만큼 독감 털어 이기는 끈기로
새봄을 같이 만나고픈 간곡함에서다
올핸 어떤 작별도 없길 운에 기대본다
—난 퍽 행운 있는 편이니까—

어떤 바람 앞에서

어디에도 묻을 수 없는 그 바다 눈물바람
소용돌이 되집히는 근일의 강풍
가깝고 먼 나라의 지진에 강풍 뉴스마저 사나운
봄바람치곤 심하게 거친 어떤 바람

살살 불어 꽃비 날릴 때 바람이 본디
문밖 내닫고픈 가슴 뛰기에 제격이어서
이슥고 사랑의 길을 트는 것일진대

잎 돋는 나무마다 힘주어 온 몸통으로 버티어도
몇 자락 후일담을 베어 앙다문 채
우웅 웅 분기어린 소리 따라 마구 휘젓고

화살기도로도 들릴 성싶지 않아 겁먹은 눈 껌벅이며
꽃길 출행의 발길 멈춰봐야 무능의 휘청거림뿐인
어떤 바람 앞에서

누구의 길을 가나

서리꽃을 보았을지 물안개를 만났을지
아스라한 사연 뜨거운지 창백한 응어릴 가져 암울한지
어쩌다 아는 얼굴도 꼈을지 모를
낯모르는 사람들 머릿속 구상이 달라서일까
만인 만태 차별진 차림새로 가다가 몇 번쯤 갈리기도 할 길
누군가 운전해 주는 같은 방향 노선의
전철, 지하철에 뭉게뭉게 몸을 실어
비슷하게 흔들리고 그만만이 자유하고 와중에도
대다수는 폰에 영혼을 투자 시간을 사르는데
나의 길 남들의 길
이 시각은 또 누가 정한 누구의 길을 가나
전철 쇠바퀴 철로 긁는 소린 등골을 훑으며 끼익 철거덕 끽
해 그늘 전에 꼭 만나 몇 마디 말 건네려
어깨넓이 발사이즈도 오므린 만원의 차내
기침조차 누른 내 숨소리 너머
"따르릉 따르릉 비켜나세요…."
파릇한 들풀 키의 내가 모롱이를 감싸 굴린 둥근 바퀴
도수 깊은 안경 치켜 올려 초점을 재수정한다

'속은 목일신' 의 동요

어허?

요즘 시도 유행을 타
촉수 높은 시인의 정제된 시어
공들인 종이시집도 아닌

쉬운 일상어로 행갈이
또는 연 바꾸기
낙서보다 더 여과 없이
구구절절 속풀이 비슷한 글귀

너 나 보통친구 동료가 말 걸듯
툭툭 터치한 직설이
SNS에서 공감대를 높이고
친근한 시로써 독자몰이라는 방송에

어허? 슬쩍 귀 얇아져
대세 쏠린 유행 시풍 타볼까 싶은
낯선 우주의 속보速步도 잠시, 혼자 웃네

대화삭제

손 안에 눈 안에
지문이 닳도록 손끝으로 대신한
전국 아니 바다 건너 몇 나라까지
입으로 한 말보다 많을 법하게 오간 대화
몇 달, 몇 년 사이 걸러내도 또 새로
가히 무게 없는 만리장성 쌓여
저장 공간 확보란 필수 엄명 수행
내 스마트 폰 대화삭제다

달거나 단단하거나 더러는 시답잖게
시간 뺀 소통 많기도 한 말의 목록
초간 시차로 선택 혹은 전체 삭제
심혼 기울일수록 가슴모퉁이 바람길 나다
몇 차례 서실 솎아 책 더미 밀어낼 때
별난 이별에 목울대 떨던 아릿함도 언뜻
손끝으로 날린 다시 못 올 시절의 단편
눈시울 스쳐 허공 속 뜨는 풍경이 되나

잠이 안 와

소등 후에도 몇 차례
티브이 스마트 폰 켰다 껐다
낮에 세미나 전 믹스커피 한 잔
해질녘 지하도 입구 카페에서 또
아이스크림 섞은 원두 반 컵
맛나게 마신 커피 탓 애꿎게 지목해 보며
만났던 표정 다독다독 섞은 말들이
하루 그래프 높낮이로 자정 넘은 지 오래
구태여 잠들려 말자 해도
공고한 밤이 주는 강박 원칙 못 떨쳐
뭐 수면만이 내일로 잇닿는 방편인가
그냥 머릿속 생각이 흐르는 대로 두어도
눈을 뜨나 감으나
아슴아슴 유쾌치 못한 느낌조차 마딘 시간
다행 달빛은 온전히 내 안에 곱다랗게 녹아
푸드덕 새의 날갯짓 날 새도록

잠이 안 와

세수

훌훌 걷어 올리고 시원스레
얼굴 귀 목 팔을 씻는 것도 버거워
손바닥 만한 면 타월로
눈 코 이마 턱 볼까지만 살살
고양이 세수
그래도 갓 씻어낸 어린애 때깔
뽀얗고 반들반들한
거울 속 내 얼굴에서

언제적 자매들, 어머니모습 번갈아
짧은 정지화면이다가
서서히 파노라마 진다

아직 새 옷을 사는 설명첨부

신상품 특별행사에 불림 받은
L백화점 4층 단골 의류브랜드
모델포즈 마네킹 앞세워
행거마다 줄줄이 취향 사로잡는
빛깔하며 선과 감촉의 조화로움

계절을 주일단위로 설정한다 해도
갈아입기 뒤지지 않을
아니 평생 낡은 옷 입지 않아도 남을
켜켜이 옷탐 넘친 옷장의 경고도 잠시
이젠 그만 사야지 한 다짐은 구김살지고

물려받은 DNA모태 맑은 피부 덕분에
옷태 돋보인다는 평판 감지덕지다
대다수 동년배보다 관리비용 굳은 셈이다
미래저당 후불결잰들 포상 마땅하다 셈치고
아직 새 옷을 사는 설명을 첨부하다. 내게

소리에 색동옷 입혀 · 2

물색 골라 온몸 감싸
옷깃 여미는 소리 결에
방긋 꽃송이 찬찬히 입 여는 소리
빛살 받은 잎사귀 바람 타고
등 비비는 소리
곰실곰실 산 도랑물 바위 넘는 소리

날아오르다 폴짝 깨던 예닐곱 살 때나
간 밤 그저도 으쓱 키 크는
꿈속에서나 드넓고 기이한 풍광
저마다의 음역으로부터 들리고 보이고
느껴지는 하고 많은 소리소리

소리마다 다독다독 색동옷 입혀
호기 찬 새 하루를 여는
날랜 시속의 오늘
살짝 어질하게 흔들리며
때 묻지 않은 처음마냥 산뜻 내딛다

내게 특별한 우리말

- 우리말 한글로 글 쓰는 기쁨

열 손가락을 요리조리 구부렸다 폈다
맨 처음 ㄱ ㄴ ㄷ ㄹ ㅁ ㅂ ㅅ ㅇ…
ㅏ ㅓ ㅗ ㅜ ㅡ ㅣ…
손 글자를 꾸미어 귀염 받았다던
네 살 아기 '내게 특별한 우리말' 한글
자라면서 글씨를 곧잘 쓰고
제법 낱말 뜻 알아가는 배움에 빠지다가
뽀얀 낮달 밤별 해 그늘과 속삭임을,
가늘게 빗금으로 내리는 봄비
가을 그 아뜩하게 깊은 하늘
짙푸른 여름 숲이 눈꽃에 파묻힌 겨울
옷 갈아입고 낯빛 바꾸는 철따라
우리말 찾아 설레기도 웃기도
갈래갈래 펼쳐진 길 위 우리말을 낚으며
내 꿈 빛 나이테를 더해 그어온
한글 속에 삶을 잇는 나달
내도록 더 잘 쓰고 싶은 한글
우리말 한글로 글을 쓰는 기쁨

열 번째 뜨거운 계절 앞에

– NEW 부천시민신문 창간 10주년 기념 축시

여기, 이곳은 부천!

모태로부터 대대로 터 이어왔거나
산빛 물빛 꽃빛에 이끌렸거나 또는
사랑 따라 면사포 갓 벗은 초행이든가
발령장을 들었건, 시장상점 불 밝힐 뜻이건
숨 쉴 새로운 터전 간곡한 꿈 안고였든
모이고 합쳐 울창한 삶의 숲 이루는 도심으로
10년 전 7월 그 뜨거운 계절에

새 문을 열 소명 품고 속속들이 짙푸른 열망
시민사회의 동반자 기치도 야무졌어라
사방 눈빛 촘촘히 사람살이 향내 발품 섞으며
응집된 언어 끓는 숨결의 정치 경제 사회 문화
셔터, 자판 위 적확 촉수 세운 손끝에 혼 실어
밤별 낮달 벗한 행보 비바람 속 질주조차
되짚으니 형형한 깨어있던 날들이라

어언 사철 돌고 돌아 열 번째 뜨거운 계절 앞에
공기公器의 초심 벼린 필봉筆鋒 다잡아

열기어린 목마름에 귀와 눈 체감 족할
부천사람이 함께 만드는 지역신문 새김질
풀뿌리언론 가지 뿌리 튼실한 거목으로
역사이려 열 번 곱의 미래이려 정론직필 다짐이려!

그 때 그 발소리 지금

그 때 누리엔 봄기운이 퍼지고 있었을 테지요
어쩜 새 학기 새 신을 어렵게 마련키도 했을 테고요
태어나 열 살이 채 안 된 나는 아마
앞들길 뒷산 언덕배길 뛰어다녔지요

독재와 불의에 분기한 1960년 대전의 3월 8일
숨찬 열망의 발걸음 모이고 모였다지요
지축을 흔들며 내닫는 항거의 발소리 그 발소리, 또 함성
마침내 4.19혁명의 도화선 되었다지요

'학도는 용감하다 거룩한 피를 흘려'
학교에서 그냥 4.19 행진곡처럼 불렀지요
자유와 정의 그 민주항쟁 이해는 늦었지만
그래도 증언의 발소리 총총 가슴에 왔지요

선열들이 목숨 바쳐 이룬 자주독립의 나라
기어이 지켜내고 꽃피운 이 땅의 민주주의
맨몸 투혼의 울림 저리고 아프게 명치 닿네요
깨어난 심장으로 그 때 그 발소리 지금 듣네요

털이 혹은 털다

1.
아침 점심 사이 아점 차려
식탁에 앉는 그 시각 하필
주차장 건너 앞 동 눈높이에서 또
이불이며 옷가지 터는 중노인쯤의
여인의 일손 시작하면 안팎 드나들며
몇 차례고 집요하게 털어댄다
대기 속으로 아래 위층 우리 동
보이진 않지만
그 가족들이 어느 도시 어떤 길에서
묻혀 왔거나 몸에서부터 털린 먼지
흩날려드는 불유쾌하고 과장된 상상에
황사 이는 고원보다 더
텁텁한 폐하차장까지 빠르게 휘돌아
입맛 밥맛 가신 생각을 털어버리자

2.
고개를 가로저어 머리를 털어보다가
식사를 접고 옷장 속속들이 털어 모아
세탁기를 돌린 빨래를 탈탈 털어 널다

누구는 어렵게 모은 사재를 털어
장학금을 주기도 한다는데
또 시골 먼 친척 이웃의 이웃
놀음에 빠져 가산 털어먹고 전전하다
독하게 손 털고
올 설엔 가솔 찾는다는 소문인가
아파트 벽보판엔
명절 쇠러 여러 날 집 비우려면
빈집털이 주의사항 나붙었다

3.
지난 추석 성묘 다녀오던 길
풋밤털이에 털털 알곡 터는
탈곡기 소리만큼 떠들썩했지
설엔 아마도 뉘 집 자식 시험 취직 혼사
신변털이에 웃고 삐치고 할지도
차례 뒤 잔반까지 털어
정성으로 담근 약술 병 털이에
호주머니 깊숙한 비상금 털리고
자리 털고 일어서도록

허허털털 너털웃음
고향마당에 털어 날리고
툭툭 구둣발 털고 나서면
평생 털어내지 못할
털털한 기억 하나 더 생성하려나

독도여

별무늬 달무리
명암도 선명한 역사
바위벽에 결결이 스며든
대한민국 독도여
바다 건너 당찮은 말 따윈
동해 힘찬 파도에 씻어내
날마다 푸르게 깨어
영원한 하늘 이고 당당한
우리의 영토 그대 독도여

6부

감동스케치

고공비행 | High-Altitude Flying
밤비를 명상함 | Meditating on Night Rain
고독을 축하함 | Congratulations on My Solitude
부천전철역 풍경 | The Sight of Bucheon Subway Station
올 가을을 | Greeting This Autumn
8월의 한가운데 | In the middle of August
불켜기 | Lighting On
흰나비 | White Butterfly

고공비행

- 감동 스케치

절대 고독
절대 환희
절대 무아
혼절할 극의 경지

어느 높이로는 직진하여 흰 선을 뿜어 긴 꼬리를 남기고
아득히 구름 속으로 묻혀 가는가 하면
유연하게 좌, 우회전 나뉘기도 하고
승객의 눈엔 선도 신호등도 보이지 않는 비행길을
빠른 시차 간격으로 쉴 새 없이 잘도 날아 떠가는 고공비행 노선
의지대로라고는 제한된 음식을 먹고 배설하는 한정된 공간
색다른 사고思考만이 가능할 뿐인
아주 기초적이고 축약된 자유 가운데
내 가게 될 삶의 도정 겹 사진으로 어리며
울컥 지나온 길 돌아보는 자성自省과 향수鄕愁 바이러스
그새 별난 여독旅毒이든가

High-Altitude Flying

- A Touching Sketch

With absolute solitude,
absolute jubilation,
absolute ecstasy,
and swoony climax,

my plane flies straight at a certain altitude, leaving a long white trace behind, buried into some faraway clouds.
And other times it pliably turns to the left or to the right.
Though passengers can' t see the lines and signal lamps of the flight path,
the plane is incessantly flying high well at a swift time interval.
What I do is just eating and drinking and excreting in the confined space,
with only various kinds of thinking possible.
In the awfully fundamental and reduced freedom,
my coming journeys of life seem to be overlapped one upon another.
I abruptly retrospect my bygone days with deep reflection and nostalgia.
It may be that I already feel wackily sick from the fatigue of travel.

- translated by Woo Hyung-sook (번역 : 우형숙)

밤비를 명상함

먹물 푼 하늘에
은색 씨줄
내 그리움의
날줄을 부추겨
땅 가득
사랑의 비단필로
젖는 가슴 두르는데
야행성 그대는
밤비조차 건성
바투 일손 당기나

Meditating on Night Rain

A silver weft
on the inky black sky
incites
a warp of my yearning.
To capacity
I wrap the silk of love
around my moist heart.
But you, a night creature,
remain aloof from night rain,
captivated by your work.

– translated by Woo Hyung-sook

고독을 축하함

저만치 시선 끝으로부터
한 층 한 층 내려딛던 어둠이
거실 창틀쯤에 와 머뭇거리며
나직한 안락의자에 묻힌
어깨를 지그시 누른다

주변의 생활 음들은
일제히 청각을 비켜갔는가
고즈넉한 속에
덩그러니 혼자 된 채
익히 경험해 봄직한 느낌의 재현이다

울컥하기도 하고
짠하고
참을 만큼 아릿한
약간은 화려한 날개를 너풀거려 주는
현재의 내 고독을 축하함

Congratulations on My Solitude

From some distance away
darkness steps down and down,
wavers near the window sill off the living room,
and gently presses my shoulders
against the low armchair.

Surrounding noises all together
step aside from my auditory organ.
Quietly in solitude,
left alone with no one to talk to,
I experience this familiar feeling over again.

Sometimes it makes me choked with sorrow,
Other times it forces me to feel a little bit bitter.
It also gives me some endurable tingling pain,
but it allows me to flap my bright fancy wings.
So I congratulate myself on my solitude now.

– translated by Woo Hyung-sook

부천전철역 풍경

화살 당겨진 시간을 사는
총총한 발걸음 무수히 타고 내리는 곳
누구라도 한 번쯤 맘 조리던 기다림에
곱게 펴 든 손 바람결 꽃가지
아릿아릿 설렘의 별로 반짝여
사랑의 별무늬 아롱지기도 했겠지

오늘도 여기 앞서거니 뒤서거니
한껏 꾸린 웃음보따리 행복꾸러미
가슴엔 더 말간 꿈 소담스레 안고
환하게 꿈 나눌 만남의 행보로
그들은, 우리들은 모두
또 다시 새롭게 만남으로 가다

The Sight of Bucheon Subway Station

Living a busy life, like shooting an arrow,
numerous people get on or off the subway.
Anybody has ever waited for someone just once, holding breath.
The pretty flowers in their hands may have sparkled
like the stars of romance in the wind,
Their stellular love may have twinkled fair.

Here today, too, people are having a ding-dong race
with a bundle of laughter and happiness
with a better dream in their mind.
Gladly hoping to share their dream,
they hoping to share their dream,
they, and we all, go
to another new meeting over again.

– translated by Woo Hyung-sook

올 가을을

해마다 그다지 다를 것 없이
순차로 느껴지는 계절감이지만
어느 해보다

크게 선심 써 넉넉한 맘으로
올 가을을 맞아 볼거나
가슴에 불을 켠다든지
고적감에 글썽거림도 초탈한
그저 순하고 도량 넓은
저 아랫녘
지평선도 아득하던 곡창지대
넓디넓은 평야의 맘보를 먹을거나
아니면
숨 가쁜 석양 붉은
단풍 빛을 물들여 널리 퍼뜨리던 서해
시안으로 가늠하기 벅차던
그 큰 폭이 내 가슴인 셈 치고
맞을거나 올 가을을

Greeting This Autumn

Though a sense of the season is
not so different every year,
I will greet this autumn
more warm-heartedly and more generously
than ever.
With my heart lighted
and my loneliness pushed away,
I will have as broad a mind
as the rice field,
which stretches gently and abundantly
down to the horizon.
Or
thinking that the gasping setting sun,
the scarlet-tinged Yellow Sea,
and the endless horizon
are all my mind,
I will greet this autumn.

– translated by Woo Hyung-sook

8월의 한가운데

석류 빛 붉은 태양이
화산의 불줄기 퍼지듯 빛살을 뿜는
8월의 한가운데
검푸른 바닷물은 몸 흔들어
흰 파도 높이 쳐 올리고
진록의 숲 어깨 겨룬 나무는
바람 구름 싸잡아 안고
올드, 뉴 춤사위다
쭉쭉 뻗은 소나무 대나무
그때 그날의 만세모드로
우리 두 팔 힘껏 치켜 올려
태극기 드높이 들면 더 좋겠다
하늘 자연 사람 다 어우르자
이글거리는 8월의 중심에
꿈의 날갯짓 훠이훠이 날자

In the middle of August

Red sun in the color of burst pomegranate
radiates sunlight as if discharged from a volcanic vent
in the middle of August
Dark blue sea water rolling up and down
makes waves broken white against the shore
Trees making a green forest
embracing winds and clouds
dance all together young and old
I like to see pine trees and bamboos
as they did for the independence of our country
reaching out their hands straight up
and waving the Korean flags high in the air
I like to see sky, nature, people all together
flapping the wings of dreams, carrying the flags
into the glaring August light

- translated by Kim In-young (번역 : 김인영)

불켜기

내 처음의 불켜기는
가까이 잡히는 성냥개비
각도를 엇비슷 눈어림하여
서툴게 황을 그어 독한 콧김 들이마신
숨죽인 몰입이었네

언어의 갈래 몇 가닥 알아챈 만큼
키 큰 즈음엔
수동라이터 조그만 바퀴를
여러 번 헛손질로 돌려야 어렵사리
몰골도 허술한 램프 심지이거나
촛대에 꽃불 세워 본 나날
굳은살 두터워지는 불켜기였고

스위치 중심 힘주어 잡는 아낙
매직 가스레인지 작동엔
켤 때마다 상체 길게 뒤로 빼어
외발에 체중 실린 라틴 댄스 학 다리더냐
초점 겨냥한 팽팽한 시선으로
아직도 두려움의 불켜기구나

Lighting On

My first lighting on
With a match-groped in the dark,
Striking it stant roughly the box,
Inhaling acid sulfur
Became the moment of immersion.

About the time I grew up
Tall enough to know few stands language
My lighting on those days.
Managing to get a light
From the flint of a Zippo lighter
After striking it several times.
Lighting on the wick of an old tamp or candle.
Brought me the callus of flesh.

Watching a woman
Grabbing the switch of a gas stove and turning it on
I lean backward every time it clicks
Like a crane standing on her one foot
watching it nervously

그 오랜 고지식한 버릇에도
어눌키만 하여 몸 사리거늘
겉눈엔 뵈지 않는 속심지 돋우어
작정한 불쏘시개 입김 불어가며
오늘, 더디디 더딘 내 꽃등잔의 불켜기여

Still in fear of lighting on.

Despite stubborn habits for so long
Raising the inner wick, buming timidly inside,
Invisible to the eye,
Blowing on the fire with my breath
I am still lighting on my precious lamp,
Burning slow, slow, slow.

- translated by Jang suna (번역 : 장선아)

흰나비

벚꽃은 무더기로 날으는 흰나비 떼
목련 낙화는 날개 큰 흰나비
몇 날 황사도 심술 멈춘
땅김 아른거리는 공중에 온통
봄 꽃잎 흰나비 모양 흩날리는 사이로
어디서 출몰 동행했는지
날갯짓도 잰 생동의 흰나비다
못 본 걸로 칠까 노랑 날개였다 할까
새 봄 흰나비 먼저 보면

상주 될 거란 내 오랜 트라우마 떨치려
가슴 뛴 첫 만남 비밀로 해둬도 무효인지
수 해 되뇌이시던 소원의 말대로
따뜻하고 해 긴 봄날 영면에 드신
어머니를 입은 머리에 상장
정녕 눈부시도록 슬픈 흰나비인가
아냐, 부귀와 행운의 상징이기도 하다는
흰나비를 닮은 봄꽃 흐드러지게 폈다 져
하얗게 날으는 하늘 땅 천지
어머니… 가득하다

White Butterfly

Cherry blossoms are white butterflies flying together.
Falling petals of magnolia are the big white butterflies
with large wings.
Even the yellow dust has stopped for a few days.
Heat haze from the ground filled in the air
Between the flying flower petals
That look like white butterflies,
A real white butterfly showed up From somewhere
I don’ t know and fluttering
Should I pretend I didn’ t see it,
Should I say it had yellow wings?
To see the white butterfly first in spring...

Trying to remove the old trauma of staying long
Perhaps it is of no use to keep the heart fluttering first meeting secret
As the wish repeated many times for many years
My mother took her eternal sleep
On one of the warm spring day.
I am wearing a mourning ribbon.
Is it really a mournful pristine white butterfly?
No, the white butterfly is also a symbol of wealth and good luck.
The spring flower resembling the white butterfly blooms
and withers away and
Flies in the air in white dress
In the sky and on earth
Mother··· You are everywhere.

색과 소리의 조합

— 색에 소리 심고, 소리에 색 입히고

김 용 재
문학박사 · 시인 · 한국현대시인협회 이사장
국제PEN 한국본부 부이사장

김철기 시인의 열두 번째 시집 『그리다』의 평설을 쓰게 되었다. 40년 가까이 시작 활동을 하면서, 열한 번째 시집 『꿈빛 나이테』(2014) 이후 5년 만의 일인 듯하다. 『한 점 꽃, 꽃의 사다리』(제1시집), 『밤나무골의 햇살』(제2시집), 『소리에 색동옷 입혀』(제3시집), 『빛 한 줌』(제4시집), 『노을 순백으로 웃다』(제10시집) 등 시집의 제목만 보아도 시인의 아름다운 시심을 짐작케 하고 그 시심 속에서 또 다른 지혜를 캐낼 수 있을 것만 같은 감동을 준다. 꽃, 햇살, 소리, 색동옷, 빛, 노을, 순백, 웃음… 등 이러한 시어들이 감정이입(empathy)의 확장 개념으로 조화를 이루고 있어 한층 솟아난 뜻의 열매를 매달고 있는 풍경으로 보이기도 하는 것이다. 색에 소리를 심고, 소리에 색을 입히고, 색과 소리의 조합을 이루는 그의 시는 이번 시집에 더욱 두드러지는 듯하다.

앞의 시집들을 모두 읽지 못하였고 이번에 읽은 것도 제한된 편수이지만 그 농도가 점층법의 계단 위에서 짙어졌을 것으로 유추한다면 가정의 결과도 쉽게 단정 쪽으로 기울어질 수 있을 것이다. 물론 화가 시인이며 시인 화가라는 선입견의 폭력일 수 있지만, 시와 더불어 살피면 그 폭력의 의미도 사라질 수 있을 것이다. 봄꽃과 여름 숲, 가을 열매와 겨울 눈, 남성의 팔뚝과 여성의 살결, 가슴속에 깔린 남녀 사랑의 그림자… 등 이들에게서 색채를 보고 소리를 듣는, 그래서 소리에 색채를 입히는 그 아름다운 작업이 이 시인의 시 쓰기 작업이라는 것을 전제하며 주관적으로 뽑은 시편들을 살펴본다.

기차가 들어올 철도 쪽
그늘진 플랫폼 바닥이
얼어 웅크린 겨울 강 빛이라
잠시라도 햇볕 든 쪽으로 물러서서
겹겹 껴입어 몸 부푼
둥실한 그림자를 데우며
짧아서 절실한 따사로움을 조우

차디찬 공기를 가른 기차가
속도를 늦추어
티켓을 배정받은
기다림의 숫자 앞에 멈추고
데우던 그림자를 재빨리 지우며

승차계단을 오르는 발목까지
한기 아리도록 휘감아 시린 겨울 플랫폼

-〈겨울 플랫폼〉 전문

플랫폼은 내리고 타는 곳이다. 만나고 헤어지는 곳이다. 오고 가는 곳이다. 악수하고 손 흔드는 곳이다. 웃고 우는 곳이다. 어떤 행운을 기대하는 곳이다. 새로운 약속을 하는 곳이다. 그늘진 곳, 양지바른 곳, 비 오고 눈 오고 서리 내리고 바람 부는 곳이다. 어렵지 않게 일반적 의미를 더 부가할 수도 있을 것이다.

그러나 김철기 시인이 그린 겨울 플랫폼은 '얼어 웅크린 겨울 강 빛' 이다. '절실한 따사로움을 조우' 하는 곳이다. '발목까지/ 한기 아리도록 휘감아 시린' 곳이다.

얼어 웅크린 강 빛의 현장과 따사로움과의 짧은 조우, 그래도 발목까지 시린 겨울 플랫폼은 시인 마음의 풍경일진대, 그 시심에 손 넣으면 그래도 따뜻할 것이다. 순수한 빛의 색채와 희로애락 가슴의 색채를 잘 조합한 결과일 것이다.

타고난 천성일까
눈 뜨나 감으나 그리움
생각이 살아 있은 내내
숨결에 차올라 글로 그림으로
그릴수록 그리워지는 것
속 바탕에 박힌 꿈인가

빛을 삶을 사랑을 인연을
달 별 산 들 바다 향촌
기억을 잡고 있는 소리와 형상
갓 만난 시어와 화제畵題, 미래조차
새기고픔 여직 우주 그득
목숨의 붓질로 그리고 또 그리다

-〈그리다 1〉 전문

〈그리다 1〉은 언어의 그림이며 그림의 언어이다. 살아있는 생각, 숨결에 차오르는 그리움, 그 그리움을 그리며 그릴수록 더 그리워지는 것, 그것은 속 바탕에 박힌 꿈이다.(1연)

그리는 것은 꿈을 실현하는 것이다. 빛을 그리고 삶을 그리고 사랑을 그리고 인연을 그리고 달 별 산 들 바다 향촌을 그리고 소리와 형상, 미래까지도 새기어 넣고 우주 그득 목숨의 붓질로 그리고 또 그리는 것이 시인의 의지로 나타난다.(2연)

그리움의 속 바탕에 박힌 꿈, 목숨의 붓질로 그리고 또 그리는 것, 그것이 시인의 사명으로 번뜩이고 있는 것을 보면 시인으로서의 김철기 화가와 화가로서의 김철기 시인은 시제와 화제를 함께 잡고 천성으로서의 '그리다'에 취하여 아름다움의 세계를 활보하고 있다. 그래서 저 멀리 기억의 세계와 현상의 세계를 불문하고 그는 채색의 언어, 채색의 심상을 우리들 앞에 펼쳐놓고 공감의 세월을 향유하고 있는 것이다.

물색 골라 온몸 감싸
옷깃 여미는 소리 결에
방긋 꽃송이 찬찬히 입 여는 소리
빛살 받은 잎사귀 바람 타고
등 비비는 소리
곰실곰실 산 도랑물 바위 넘는 소리

날아오르다 폴짝 깨던 예닐곱 살 때나
간 밤 그저도 아찔하게 키 크는
꿈속에서나 드넓고 기이한 풍광
저마다의 음역으로부터 들리고 보이고
느껴지는 하고 많은 소리소리

소리마다 다독다독 색동옷 입혀
설렌 새 하루를 여는
날랜 시속의 오늘
살짝 현기증 어질하게 흔들리며
때 묻지 않은 처음이듯 산뜻 내딛다

–〈소리에 색동옷 입혀〉 전문

김철기 시인보다 앞서 김광림 시인의 〈青果〉에서 '사랑의 모습처럼/ 밝아오는/ 빛깔' 을 보았고 박경용 시인의 〈개나리〉에서 '봄을 맞는 즐거움의/ 빛깔과 소리' 를 보았다. 빛깔의 소리나 소리의 빛깔에 대한 오랜 기억 때문에 옛 시집을 뒤적여 보았다. 감정을 드러내서 소리를 담아내고 색깔을 그

려내는 시작과업은 좀처럼 쉽지 않을 것이다. 김철기 시인이 이 작업을 하고 있는 것은 대단한 의욕과 탐구의 결정적 지혜라는 생각이 든다.

옷깃 여미는 소리, 꽃송이 입 여는 소리, 잎사귀 등 비비는 소리, 산 도랑물 바위 넘는 소리, 저마다의 음역音域으로부터 들리고 보이고 느껴지는 수많은 소리와 소리… 등 저마다의 색깔이 있을 텐데 시인은 이들 소리에 모두 색동옷을 입힌다고 하였다. 그러면 색깔은 모두 색동옷 색이 될 것이다. 색동옷은 우리들 역사와 전통이 담긴 곱고 아름다운 옷이며 기쁨과 희망의 표상으로 빛나는 색채를 띠고 있는 것이다. 소리마다의 뛰어난 묘사에 비해 색채 배합의 단순성은 없지 않지만 색동옷의 특수한 색깔 감각에 묻혀 소리가 모두 밝게 들릴 수 있을 것이다. 이렇게 소리에 색깔을 입히면 그 소리는 처음이듯 때 묻지 않은 오늘의 삶의 속도를 유지할 수 있다는 것이니 놀랍다.

기찻길 멀찌감치 둔덕엔
라일락꽃 보랏빛 가슴 뛰게 하고
선로 비껴선 들판 군데군데에도
동종의 샛노란 꽃무리
금 여울 이뤄 눈부심인데
하필 철길사이 나무 가름막 틈새
마냥 차바퀴 열기에 쏠렸을 테고
소음이 일상일 협소한 네모 칸 안에서
까다로운 내 눈길 사로잡는 눈짓 꽃 짓

저 조그만 꽃들의 생생한 기운
저 놀라운 생명력은 뭔고?

한바탕 쓰다듬고 지나는 바람 끝에 하르르
산(生)사람은 산 자리에서 웃음 짓고 살라
어쭙잖게 전하고 싶은 꽃말 노란 피켓인가.

-〈기찻길 안의 꽃을 보며〉 전문

〈기찻길 안의 꽃을 보며〉는 기찻길과 꽃의 병치 현상에서 보는 생명력과 피켓의 응용 심리가 솟아난다. 기찻길은 위험한 곳이다. 기차라고 하는 거대한 물체 그 문명이기로서의 산물이 왕래하는 곳이다. 꽃과는 거리가 멀다. 같이 사는 환경이 마땅치 않은 것이다.

그러나 꽃은 그 길에서 생명력을 유지한다. 라일락꽃, 보랏빛, 샛노란 꽃무리, 이들이 눈짓, 꽃짓, 생생한 기운을 보낸다. 그래서 시인은 저 놀라운 생명력이 뭔가고 묻는다. 몰라서 묻는 것이 아니라 생각의 바탕을 마련해 주는 것이다. 아름다움을 유지하는 본질적 기능, 생활 현상의 일체를 수용하는 정체성, 원동력, 생기, 강인함… 이런 것들일 것이다.

더 유의할 것은 인간 세상을 향한 경고성 메시지다. '산 사람은 산 자리에서 웃음 짓고 살라' 는 노란 피켓, 이 피켓 때문에 이 시는 한층 돋아난다.

꽃이라고 어찌 웃음만 있겠는가. 피켓이라고 어찌 환영의 의미만 있겠는가. 비난, 원망, 무슨 결의 대회, 자진사퇴 요구서, 광화문의 함성 등 왜 없겠는가. 피켓에 입힌 노란 색채는 색채이면서 꽃이면서, 환영과 원망과 함성의 의미를 모두 아우르고 있다 할 것이다.

비 그치고 바람결 부드러워지자
때맞춰 기침한 숲이 넓적한 어깨를 흔들며
잔 나뭇가지까지 휘휘 휘파람소리 나게
연두 물 부추기는 너털웃음 날린다

어느 능선에 몸 숨겼다 나온 산새는
이쪽저쪽 잦은 웃음소리 굴려
햇잎사귀 돋우고 새 가지에 옮겨앉는다

구름은 모였다 흩어졌다
작은 신발 헐떡여 가슴부터 내달린 시내 길
바람개비 둥근 회전 속 아롱아롱 다가서던 숲
그 모양을 느릿느릿 재연한다

금세 숲의 볼엔 닥지닥지 웃음기 만발
시시로 잎 빛 짙은 목 한껏 젖혀 터뜨리는
지축도 들썩일 기세의 설렘 찬 숲의 웃음.

– 〈숲의 웃음〉 전문

숲은 기침을 한다. 어깨를 흔든다. 휘파람 소리를 낸다. 너털웃음을 날린다. 볼엔 닥지닥지 웃음기 만발했다. 목을 젖히고 설렘 찬 웃음을 웃는다. 산새가 잦은 웃음소리 굴린다.

구름은 모였다 흩어졌다 신발 헐떡이며 가슴부터 내달려 숲에서 논다.

이것뿐이겠는가. 숲에는 해, 달, 비바람, 안개, 천둥, 어둠도 있고 가시, 넝쿨, 돌, 바위, 비탈, 해충, 뱀, 짐승도 있을 것이다. 악기도 있고 요정도 있고 신神도 있을 것이다. 누군가의 발자국도 있고 새롭게 숨 쉬는 추억도 있을 것이다.

이 숲에서 시인이 찾은 것은 그 소중한 웃음이다. 그 웃음은 지축도 들썩일 기세의 설렘이며 숲은 역시 이 설렘으로 차 있다. 생각해 보자. 숲에 차있는 설렘의 웃음은 따스하고 다정스럽고, 천진한 동심 같은 것이다. 평화롭고 행복하고 무지갯빛 사랑의 모습 같은 것이다. 햇살 없이도 눈물을 말리는 결국 설렘인 것이다. 이 시에도 소리와 색채가 병존해 있다. 숲이 온통 색채이고 웃음이 넉넉히 소리로 작용하고 있음을 알 수 있을 것이다. 시인은 다시, 최초의 큰 웃음보다 마지막 작은 웃음이 더 낫다(Better the last smile than the first laughter.)는 영국 속담의 함의도 담았을 것이다.

산 밑동을 받치고 누운
초록의 들판을 따라
안개마저 초록인
5월의 초록길에 들면
제 발자국 소리 초록초록

산모롱이 굽어 도는 계절풍도
초록 길 솔기를 파릇이 스쳐

솜털 귀밑머리 초록 꿈
꽃 볼 말갛던 날 작은 등판에
몽당 필기구 굴러 초록초록

옛 얘기 두터운 고랑에
스스로 줄줄이 저장된 문장들
햇빛을 가득 문 캐스터네츠
삼중주 오중주 분방한 소리 되어
초록 길 음역으로 초록초록

–〈초록길에 들면〉 전문

어찌 보면 이 시는 시인의 회심작인 듯하다. 색채를 많이 다루었지만 색채와 함께 걸으며 주변의 소리를 의미로 감지하는 그 가슴은 아늑하고 품위가 있는 듯하다. 풀밭이나 숲길의 녹색에 취해 그 녹색을 몸에 담고 그래도 옷자락 스치는 소리도 듣고, 뒤에 멘 가방 속 연필 구르는 소리도 듣고 풀과 녹색의 관계처럼 초록은 동색(Like knows like)임을 안다. 그래서 초록과 같은 처지나 경우의 자신을 인식하는 것이다. 그렇기에 들판도 초록이고 안개마저 초록이고 5월의 길도 초록이고 제 발자국 소리도 초록초록한 것이다. 초록초록은 초록이 한층 더 짙어진 모습일진대 가히 초록의 함성을 기대할 수 있을 것이다.

다시 2연에 오면 바람도 초록이고 길도 초록이고 꿈도 초록이고 몽당 필기구 구르는 소리도 초록이다. 바람이 파릇이 스쳐가는 초록 길 그 솔기는 무엇인가. 솔기는 두 천을, 또는

두 폭을 맞대고 꿰맨 줄이며 이음새다. 야구공의 솔기는 108개나 되고 솔기가 있음으로 해서 더 빨리 날 수 있다는 과학적 증거 하에서 만들어진다고 한다. 천사들이 입는 천의무봉天衣無縫도 있지만 합해서 하나를 이루는 의미가 아무래도 더 값이 있을 것이다. 시인이 초록과 하나가 되고 소리가 초록의 색채를 입고 길 따라 솔기마다 파릇이 바람이 스치면 또 초록초록 꿈이 물든다.

3연으로 가보자. '옛 얘기 두터운 고랑' 이란 시구 하나만 가지고도 이 시인이 고심한 기법의 저 깊은 속내를 헤아려 볼 수 있게 한다. 줄줄이 저장된 문장이 있고 춤과 소리를 오목하게 묻어놓고 있는 타악기 캐스터네츠도 있고, 초록 길 음역으로 초록초록한 옛 얘기들이 두텁게 모여 있는 것이다. 초록길에 들면 그래서 색채를 입은 소리, 소리가 배인 색채, 동색, 동성의 시인을 만날 수 있는 것이다. 또 다른 이 시인의 음성을 들어보자.

그날 무채색 울분의 옷자락 너울거림이다
뜨겁고 뜨건 의 · 열사 피울음 사르던
수천마디 압축된 함성이다.

- 〈3 · 1운동 100주년에 그리다〉에서

뽀득뽀득 씻어 잔 물방울까지 쪼개
아삭아삭 느리게 명상조차 깨물다가

- 〈2017 백로에〉에서

문득 뾰족한 정점에 부딪혀
눈물범벅 속 아찔한 현기증 빛

–〈그리다 · 2〉에서

멀찌감치 푸릇푸릇 둘러섰던 산은
연둣빛 목덜미 쑥 들어내 가깝다

–〈기억을 깨우는 계절〉에서

꿈 속 꽃눈 도화桃花인지 철쭉 영산홍인지 붉고
손 뻗으면 잡혀 물배일 듯 가까이

–〈녹우(綠雨)〉에서

바지랑대 높이로 콧노래 날리며
나비 따라잡던 산골짝도 풀빛리본 길이었지

–〈리본〉에서

이중섭 미술관 앞 뜰 동백그림자 옷깃을 허물고
소리를 머금어 붉은 입술 점점 반드레한 햇살이다.

–〈봄을 입으러 갈까〉에서

바람의 행간에도 사랑의 씨앗을 심었던
천연색 또렷한 시간의 건더기는 후딱 꿈결

–〈손의 이력〉에서

이렇듯 김철기 시인은 언어의 집 짓기에 장인의 기질을 타고난 듯하다. 아니 그만큼 고민하고 노력하고 사유하고 쓰고 고치고 다시 쓰고 낮밤을 구분 없이 피땀을 흘렸을 것이다. 시가 그렇게 태어나는 것이다. 색과 소리의 조합—색에 소리 심고 소리에 색 입히고, 미술놀이와 소리 만들기에 시인은 정성을 바쳤을 것이다. 마침내 색과 소리와 함께 말하고 걷고 생활하고 있을 것이다. 더욱 정진하시길 기대하며 설렘의 영광 가득 빈다.

栗園 金哲起 _ 시인 화가 시낭송가

이메일 : yoolweun@naver.com
모바일 : 010-4273-5025
경기도 부천시 성주로 86-4, 103동 1206호(송내동, 현대아파트)
1972년 지역사회개발학과 졸업부터 작품 발표
1977년 경기도백일장 장원(도지사상) 및
1983년 한국문인협회 부천지부 창립 『부천문학』 창간멤버 문학 활동
(다년 임원 및 수석부회장 역임)
시낭송대회 최고상 수상 및 시낭송 심사 대회 개최 시낭송 시집 등
시낭송활동
1980년 한국화 사사(以汀 장주봉)
1982, 1983, 1984년 연3회 경기도미술대전, 인천시미술대전 수상으로
전람회 표지화 동인회 강의 대회 출품 수상 다수 등 미술활동
一素會 다년간 활동
1984년 부천시학교어머니회장단협의회 회장 역임
경기도학교어머니회장단협의회 회장 20여 년 역임
전국학교어머니회장단협의회(부회장) 20여 년 활동
한국예총부천지부 창립회원으로 기획위원 역임
부천여성문학회 창립회원
부천시립도서관 운영위원 역임
부천시마을금고 심사위원 역임
1990년~2000년대
아주대학교 공학대학원 CEO과정 수료(모범경영자상 수상)
월간 『文藝思潮』 신인상 당선
한국문인협회 문인권익옹호위원, 상벌제도위원, 독서진흥위원 역임
(서로서로독서회 활동)
국제PEN 한국본부 이사/ 평화위원 역임

국제PEN 경기지역위원회 감사 역임
탐미문학상 운영위원, 해동문학상 운영위원 역임
한국자유시인협회 이사 역임
한국현대시인협회 이사/ 지도위원 역임
한국지구시인협회 사무국장 역임
숙명여자대학교도서관 세계여성문학관 회원
한국공간시인협회 중앙위원 역임
청다문학회 이사 역임
한국경기시인협회 이사/ 감사 역임
한국문인협회 경기도지회 감사 및 심의위원장 역임
한국시문학연구회 이사 역임
한국작가 중앙위원 역임
남산시낭송회, 보리수시낭송회 활동
서울시낭송클럽 상임위원 역임
한국학술문화정보협회 이사 역임
부천문화재단 생성 첫 동아리 『오뉴월 동행』 회장 역임
부천시낭송협회 회장 역임
한국시문학아카데미 예술위원 사무국장 역임
한국문인협회 문학낭송가회 창립회원 활동
한국문예학술저작권협회 회원
한국디지털도서관 시집전자화, 한국문학방송 인터넷서재 및
네이버 블로그 다음 카페 다수 작품 활동
*사화집 시낭송시집 전자시집 시대사전 명시선 언론사 초대시 및 연재
한국여성문인대사전 현대사의주역들 현대한국인물사 한국시인사전
까세(육필시화집) 등 공저 다수
예술 교육 기관단체 감사장 공로상 표창패 수상 다수

2019년 현재
국제PEN 한국본부 이사/ 경기지역위원회 부회장
한국문인협회 시서화진흥위원
한국현대시인협회 지도위원/ 상임이사

한국경기시인협회 이사
한국시문학아카데미 상임이사
숙명여자대학교도서관 세계여성문학관 회원
한국문예학술저작권협회 회원
한국문학방송(DSB) 김철기 서재 운영 및 기자활동
한국예술인복지재단 예술인(문학)

시집
제1시집 《한 點 꽃, 꽃의 사다리》
제2시집 《밤나무 골의 햇살》
제3시집 《소리에 색동옷 입혀》
제4시집 《빛 한 줌》
제5시집 《날 사랑하는 나의 記》
제6시집 《내일 그 내일도 생생할》
제7시집 《빈 칸의 꿈》
제8시집 《불켜기》
제9시집 《실타래 촌》
제10시집 《노을 순백으로 웃다》
사낭송시집 《마흔 살 행복 文소리》
제11시집 《꿈빛 나이테》
제12시집 《그리다》

수상
한국자유시인협회상(1995)
한국문예협회상(1996)
해동문학상(2002)
국민사이버문학상(2002)
경기도문학상(2004)
탐미문학상(2004)
한국시학상(2008)
한국현대시100주년기념문학상(2012)

김철기 제12시집

그리다

지은이 / 김철기
발행인 / 김영란
발행처 / 한누리미디어
디자인 / 지선숙

08303, 서울시 구로구 구로중앙로18길 40, 2층(구로동)
전화 / (02)379-4514
Fax / (02)379-4516
E-mail/hannury2003@hanmail.net

신고번호 / 제 25100-2016-000025호
신고연월일 / 2016. 4. 11
등록일 / 1993. 11. 4

초판발행일 / 2019년 10월 1일

값 12,000원

※이 책은 부천시의 문화예술발전기금을 일부 지원 받아 발간되었습니다.

ISBN 978-89-7969-809-1 03810